GW01458213

EDAF

MADRID - MÉXICO - BUENOS AIRES - SAN JUAN - SANTIAGO - MIAMI

EDGAR ALLAN POE

EL HUNDIMIENTO DE LA CASA USHER

El hombre que se gastó
William Wilson
La conversación de Eiros y Charmión
Por qué lleva el francesito la mano en cabestrillo
Instinto contra Razón: una gata negra
El hombre de negocios
La filosofía del mobiliario
El hombre de la multitud

Introducción de
ALBERTO SANTOS CASTILLO

BIBLIOTECA EDGAR ALLAN POE

Asesor literario: Alberto Santos Castillo

Cubierta: Ricardo Sánchez

© 1972. De la traducción: Ricardo Summers, Aníbal Froufe, Francisco Álvarez
© 2005. De: "La filosofía del mobiliario" e "Instinto contra razón: una gata negra":
José A. Álvaro Garrido.
© 2005. De esta edición, Editorial EDAF, S.L.

Editorial EDAF, S. L.
Jorge Juan, 30. 28001 Madrid
http://www.edaf.net
edaf@edaf.net

Ediciones-Distribuciones Antonio Fossati, S.A. de C.V.
Sócrates, 141, 5º piso - Col. Polanco.
C.P. 11540 - México D.F.
edafmex@edaf.net

Edaf del Plata, S. A.
Chile, 2222
1227 - Buenos Aires, Argentina
edafdelplata@edaf.net

Edaf Antillas, Inc
Av. J. T. Piñero, 1594 - Caparra Terrace (00921-1413)
San Juan, Puerto Rico
edafantillas@edaf.net

Edaf Antillas
247 S.E. First Street
Miami, FL 33131
edafantillas@edaf.net

Edaf Chile, S.A.
Exequiel Fernández, 2765, Macul
Santiago - Chile
edafchile@edaf.net

2.ª edición, abril 2007

Depósito legal: M. 19.320-2007
ISBN de la colección: 84-414-1604-4
ISBN: 978-84-414-1610-9

PRINTED IN SPAIN   IMPRESO EN ESPAÑA
Anzos, S.L. Fuenlabrada (Madrid)

ÍNDICE

INTRODUCCIÓN

En los meses finales de 1838, y los años siguientes, Edgar Allan Poe fija su residencia familiar en Filadelfia, junto a su tía María Clemm y su esposa Virginia. Sus años de vagabundeo literario y vital, entre el Norte y el «anhelado» Sur, parecen dar sus frutos, y una importante noticia renueva sus ilusiones. En otoño de 1838 la editorial Lea y Blanchard, también de Filadelfia, acepta publicar una colección de sus relatos. Un año después, en diciembre de 1839, aparecería *Tales of the Grotesque and Arabesque*, en dos volúmenes, recopilando lo mejor de la narrativa del autor. El título no es elegido casualmente, sino que define a la perfección el espíritu de Poe, entregado a su época romántica, debatiéndose eternamente entre lo exótico y lo siniestro. A su vez, en ese mismo año de 1839 conoce a William Burton, editor de la revista *Burton's Gentleman's Magazine*. Esperanzado, echa mano del bagaje aprendido anteriormente en la publicación *Southern Literary Messenger* como escritor profesional. Aun así, tiene que arrastrar la mala fama adquirida como crítico «incendiario». En el mes de mayo comienza a colaborar en la publicación con *La filosofía del mobiliario*, convirtiéndose en redactor jefe a partir del mes siguiente. También en mayo, pero al año siguiente de 1840, abandonaría este puesto por problemas con Burton, dedicando todas sus fuerzas a otro de sus sueños: crear su propia revista literaria, *Penn Magazine*. Pero esta publicación nunca llegaría a ver la luz. Afortunadamente, los problemas con Burton desembocarían en la venta de *Gentleman's*, por parte de este, a George Rex Graham, que reintegraría en su puesto a Poe, ofreciéndole además un salario decente. La nueva etapa de la revista también traería una nueva cabecera, incorporando el nombre del propietario: *Graham's Lady's and Gentleman's Magazine*. Todos los relatos de la etapa *Graham's* puede el lector encontrarlos en el siguiente volumen de esta Biblioteca Edgar Allan Poe.

En este volumen podrá encontrar el lector tres piezas satíricas, *El hombre que se gastó*, una parodia sobre los pioneros del Oeste, prohombres de las guerras con los indios que eran la comidilla en los salones y las gacetas de la época; *Por qué lleva el francesito la mano en cabestrillo*, una bufonada contra la sociedad biempensante, y *El hombre de negocios*, sobre la vida ridícula de un mercachifle, entregado al tótem del dinero.

Los relatos más destacados son las piezas largas, *El hundimiento de la Casa Usher* y *William Wilson*. La Casa Usher es una de sus narraciones más importantes que recrea esa atmósfera pavorosa habitual en Poe, entregada a la decadencia y a la locura. *William Wilson* maneja el tema del doble, censor del alma perversa del protagonista, y que parece rememorar los excesos del autor durante su período universitario.

Para finalizar esta antología tenemos *La conversación de Eiros y Charmión*, una fábula apocalíptica de regusto clásico, y dos ensayos narrativos, *La filosofía del mobiliario*, con su acostumbrado humor social, e *Instinto contra razón: una gata negra*, debate entre la humanidad y la bestialidad, la razón y el instinto, el cual desarrollaría hasta el exceso en otro relato posterior, de título curiosamente similar, *El gato negro* (1843), donde la razón sería subvertida brutalmente por el instinto del homicida. Además, *El hombre de la multitud* sería el primer relato de su etapa en la publicación *Graham's Lady's and Gentleman's Magazine*, y nos da ciertas claves de un Poe errabundo que parece estar aislado en un mundo banal, cuestionándose a sí mismo por la pesadumbre de un mal arquetípico que puede encontrarse en su interior.

ALBERTO SANTOS

EL HOMBRE QUE SE GASTÓ*
(Un relato de la última campaña contra los bugaboos y los kickapoos)

Pleurez, pleurez, mes yeux, et fondez vous en eau!
La moitie de ma vie a mis l'autre au tombeau[1].

CORNEILLE

No me es posible recordar exactamente cuándo conocí por vez primera a aquel hombre, de aspecto verdaderamente distinguido, que era el brigadier general honorario John A. B. C. Smith. Alguien me presentó a este caballero, estoy seguro, en alguna reunión pública; lo sé muy bien; se estaba celebrando algún acto importante, no cabe duda, en un sitio o en otro, estoy convencido, pero cuyo nombre he olvidado inexplicablemente. Lo cierto es que la presentación se hizo, por mi parte,

---

* Título original: *The Man That Was Used Up. A Tale of the Late Bugaboo and Kickapoo Campaign.* Primera publicación: *Burton's Gentleman's Magazine*, agosto 1839. Recopilado por vez primera en *Tales of the Grotesque and Arabesque*, 2 vols., Lea y Blanchard, Filadelfia, 1840. Primera antología de sus relatos, publicada en vida del autor. Incluido también en la segunda recopilación, en vida de Poe: *The Prose Romances of Edgar A. Poe*, William H. Graham, Filadelfia, 1843. Reeditado (edición de referencia) en el *Broadway Journal*, 9 de agosto de 1845.

[1] «¡Llorad, llorad, ojos míos, y deshaceos en agua! La mitad de mi vida ha enterrado a la otra.» (*N. del T.*)

con un grado de ansioso nerviosismo que me sirvió para impedir fijarme en las impresiones definidas de tiempo y lugar. Soy constitucionalmente nervioso. Esto es en mí un defecto hereditario y no puedo sobreponerme. Especialmente la más ligera apariencia de misterio, o cualquier cuestión que no pueda comprender exactamente, me dejan en un lamentable estado de agitación.

Parecía haber algo de notable —sí, *notable*, aunque esta es una palabra un tanto débil para expresar mi verdadera significación acerca de la genuina individualidad del personaje en cuestión—. Probablemente tenía unos seis pies de altura y su presencia era singularmente dominante. Había un *air distingué* que emanaba de aquel hombre y que hablaba de su alta cuna. Sobre este tema —el tema del aspecto personal de Smith— siento una especie de satisfacción melancólica al dar detalles. Su pelo hubiera hecho honor al de Bruto; no podía existir un pelo mejor ondulado ni más brillante. Era de un negro azabache; así era también el color, o mejor dicho, el no color de sus inimaginables patillas. Como ustedes se darán cuenta, no puedo hablar de estas últimas sin entusiasmo; no es demasiado afirmar que era el más maravilloso par de patillas bajo el sol. En todos los casos, enmarcaban y a veces oscurecían parcialmente una boca inigualable. Una boca que tenía unos dientes de la más brillante blancura que pueda imaginarse. Por entre ellos, y en cada ocasión oportuna, salía una voz de una claridad, melodía y fuerza insuperables. En cuanto a sus ojos, también mi amigo gozaba de ventajas preeminentes. Eran unas pupilas de un valor extraordinario, de color castaño oscuro, enormemente grandes y brillantes, y a ratos se percibía en ellas esa cantidad de interesante oblicuidad que hace fecunda una expresión.

El busto del general, indudablemente, era el más bello que he conocido. En toda su vida ustedes no habrían podido encontrar una falta en su maravillosa proporción. Esa rara peculiaridad hacía sobresalir un par de hombros que hubieran podido dejar en ridículo y en una consciente inferioridad el aire marmóreo de Apolo. Siento pasión por los hombres perfectos, y puedo decir que, hasta entonces, nunca había visto unos igualmente perfectos. Los brazos eran de un modelado absolutamente admirable. Y en cuanto a sus miembros inferiores, no eran menos soberbios. Podían ser considerados como el *ne plus ultra* de las buenas piernas. Todos los entendidos en tales materias admitían que aquellas piernas eran magníficas. No tenían ni mucha carne ni poca; no eran ni rudas ni frágiles. Difícilmente podría yo imaginar una curva más graciosa que la de aquellos *os femoris*, y tenía exactamente esa bella y suave prominencia en la parte posterior de la *fibula* que da una conformación de una pantorrilla bien proporcionada. Pido a Dios que mi joven e inteligente amigo Chiponchipino, el escultor, haya visto las piernas del brigadier general honorario John A. B. C. Smith.

Pero como los hombres de tan fino y bello aspecto no son tan abundantes como las razones y las zarzas, no puedo llegar a creer que ese *notable* algo, al que he aludido ahora, que el aire extraño de *je ne sais quoi* que rodeaba a mi nuevo conocido pudiera ser atribuido completamente o en su suprema excelencia a sus dotes corporales. Podía ser descrito el *porte*; sin embargo, una vez más, no pretendo ser positivo. *Había* algo remilgado, por no decir rígido, en sus ademanes; un cierto grado de mesura y, por así decirlo, de precisión rectangular respecto a cada uno de sus movimientos, que, observado en una figura más pequeña, no habría sido de interés en el mundo de la afectación, pomposidad o constreñimiento, pero que en un caballero de sus indudables dimensiones era atribuido a una actitud de reserva, de *hauteur*, de sentido loable; en una palabra, de lo que se debe a la dignidad de un tamaño colosal.

El amable amigo que me presentó al general Smith me dijo al oído unas pocas palabras sobre tal hombre. Era un hombre *notable*, *muy* notable; en realidad, uno de los hombres *más* notables de nuestra época. Era también el favorito especial de las señoras, especialmente a causa de su reputación como valiente.

—En *este* punto no tiene rival; es un perfecto temerario, el verdadero Fierabrás, y no me equivoco —dijo mi amigo, bajando mucho la voz y haciéndome estremecer con aquel tono misterioso.

—Un perfecto Fierabrás, *sin* duda alguna. *Así se* mostró, te lo puedo decir, en la última tremenda lucha en aguas pantanosas, allá en el sur, con los indios bugaboos y kickapoos —aquí mi amigo abrió desmesuradamente sus ojos—. ¡Bendita sea mi alma! ¡Sangre y trueno y todo eso! ¡*Prodigios* de valor! Habrá oído hablar alguna vez de él, naturalmente. Usted conocerá a ese hombre...

—Hombre activo, ¿cómo está usted? ¿Cómo *están* ustedes? Mucho gusto en conocerlo, de veras —interrumpió aquí el general.

Entonces mi compañero me cogió por la mano para acercarme, y haciendo una profunda reverencia, me presentó. Entonces pensé (y aún lo pienso) que nunca he oído una voz más clara y más fuerte, y nunca he visto unos dientes más limpios: pero tengo que decir que sentí aquella interrupción, precisamente en aquel momento, porque los cuchicheos e insinuaciones ya mencionados despertaron en mí un gran interés por aquel héroe de la campaña contra los bugaboos y los kickapoos.

Sin embargo, la gratamente luminosa conversación del general brigadier honorario John A. B. C. Smith pronto disipó aquel pesar. Mi amigo nos abandonó pronto y mantuvimos un extenso *tête-à-tête*, que aparte de agradarme me instruyó *realmente*. Nunca he oído a un conversador más hábil ni a un hombre con una información tan grande en general, con una

14

cortés modestia; sin embargo, supo no tocar el tema en el que precisamente yo tenía más interés: me refiero a las misteriosas circunstancias que rodearon la guerra de los bugaboos; y, por mi parte, lo que concebía como un propio sentido de la delicadeza me prohibía mencionar aquel hecho, aunque verdaderamente sentí una gran tentación por hacerlo. También percibí que el valiente soldado prefería los temas de interés filosófico, y que especialmente se deleitaba en los comentarios sobre el rápido progreso de los avances mecánicos. Realmente, llevado donde yo quería, fue este el punto al que se refirió invariablemente.

—Nada hay en absoluto como eso —dijo—; somos un pueblo maravilloso y vivimos en una época de maravillas. ¡Paracaídas y ferrocarriles, hombres trampas y cañones de muelle! Nuestros barcos de vapor surcan todos los mares y el globo aerostático de Nassau pronto emprenderá sus viajes regulares, por el solo precio de veinte libras esterlinas, entre Londres y Tombuctú. ¡Y quién será capaz de calcular la inmensa influencia sobre la vida social, sobre las artes, sobre el comercio, sobre la literatura, que traerán como resultado inmediato los grandes principios electromagnéticos! ¡Y eso no es todo, se lo aseguro! No hay fin en el avance de la invención. Lo más maravilloso..., lo más ingenioso..., y permítame añadir, míster..., míster Thompson, creo que este es su nombre..., déjeme añadirlo; lo más *útil*, lo más *útil* verdaderamente, los inventos mecánicos están diariamente brotando como setas, por decirlo así, o más figuradamente como..., ¡ah, sí!..., como las langostas..., como langostas, míster Thompson..., a nuestro alrededor... ¡Ah!..., ¡ah!..., ¡ah!..., ¡ah!..., ¡a nuestro alrededor!

Por supuesto que Thompson no es mi nombre; pero no hace falta decir que dejé al general Smith con un gran interés mío por su persona; con una elevadísima opinión sobre sus facultades para la conversación, y una magnífica impresión de los privilegios que gozamos, al vivir en esta edad de la invención mecánica. Sin embargo, mi curiosidad no había sido satisfecha, y decidí proseguir entre mis amistades indagando sobre el brigadier general honorario, y especialmente sobre los tremendos acontecimientos *quorum pars magna fuit*, durante la campaña de bugaboos y de kickapoos.

La primera oportunidad que se me presentó, y que (*horresco referens*) no tuve el menor escrúpulo en aceptar, ocurrió en la iglesia del reverendo doctor Drummummupp, donde un domingo me encontraba sentado a la hora del sermón, no solo en el banco, sino también al lado de aquella dulce y comunicativa amiguita mía, la señorita Tabitha T. Sentados así, me congratulé, y con mucha razón, del magnífico estado de la cuestión. Si alguna persona conocía algo acerca del brigadier general honorario John A. B. C. Smith, evidentemente, esa persona, para mí, era la señorita Tabitha T. Cambiamos algunas señas e iniciamos, *sotto voce*, un animadísimo *tête-à-tête*.

—¡Smith! —dijo ella, replicando a mi ansiosa pregunta—: Smith, ¿el general A. B. C.? ¡Santo Dios, pensé que usted *sabía* todo acerca *de él!* Esta es una maravillosa época de inventos. ¡Horrible episodio aquél...! ¡Una sangrienta situación para unos infelices, los kickapoos...; él luchó como un héroe...: prodigios de valor...; inmortal fama. ¡Smith!... ¡El general brigadier honorario John A. B. C.!... Porque no sé si usted estará enterado de que ese hombre...

—Hombre —interrumpió aquí el doctor Drummummupp, con toda la energía de su voz y dando unos fuertes golpes sobre su púlpito que resonaron en nuestros oídos—. Hombre que has nacido de una mujer, tienes poco tiempo para vivir; ¡naces y eres cortado como una flor!

Me trasladé al otro extremo del banco y me di cuenta de que el terrible aspecto del predicador daba a entender que el púlpito estuvo a punto de ser destruido ante los cuchicheos de aquella señorita y míos. No había salvación posible; así, me resigné y me dispuse a escuchar con todo el martirio de un digno silencio el resto de aquel importantísimo discurso.

La tarde siguiente fui a visitar, a última hora, el teatro Rantipole, donde suponía que finalmente iba a satisfacer mi curiosidad solo con ir al palco de aquellas maestras exquisitas de afabilidad y omnisciencia que eran las señoritas Arabella y Miranda Cognoscenti. Climax, aquel delicado trágico, estaba haciendo el vago ante una verdadera multitud, y tuve algunas dificultades en hacer que comprendieran mis deseos, especialmente porque nuestro palco estaba muy cerca de las candilejas y dominaba completamente el escenario.

—¡Smith! —dijo la señorita Arabella cuando finalmente logró comprender la significación de mi pregunta—. ¡Smith!; ¿el general John A. B. C.?

—¡Smith! —preguntó Miranda, musitando—. ¡Dios me bendiga! ¿Usted ha visto alguna vez una figura más perfecta?

—Nunca, señora; pero ¿usted tendría la bondad de decirme?...

—¿O una gracia tan inimitable?

—Nunca, palabra de honor. Pero le ruego que me diga...

—¿O una apreciación tan justa del efecto?

—¡Señora!...

—¿O un sentido más delicado de las auténticas bellezas de Shakespeare? Sea usted tan bueno de mirar esas piernas.

—¡Al infierno! —y me volví de nuevo hacia su hermana.

—¡Smith! —dijo—. ¿El general John A. B. C.? ¡Terrible episodio aquel!, ¿no es verdad?... Qué infelices aquellos bugaboos, salvajes y tan...; pero vivimos en una época de inventos... ¡Smith!... ¡Oh, sí! ¡Gran hombre!... ¡Un perfecto temerario...! ¡Inmortal gloria...! ¡Prodigios de valor! *¡Lo nunca oído!* —esto último lo dijo gritando—: ¡Bendita sea mi alma, porque es el hombre...!

> *... ni la mandrágora.*
> *¡Ni todos los jarabes soporíferos del mundo*
> *podrían curarte aquel dulce sueño*
> *que ayer te vencía!*

Rugió en aquel momento Climax, justamente a mi oído, agitando su puño ante mi rostro durante todo el tiempo, de un modo tal que no *podía* soportarlo, y no lo *soporté*. Dejé a las señoritas Cognoscenti, me fui inmediatamente entre bastidores y le di al miserable cómico una paliza tan grande que la recordará hasta el día de su muerte.

En la *soirée* de la amable viuda la señora Kathlen O'Trump no esperaba yo encontrarme con un final semejante. Así, tan pronto como me senté a la mesa de juego con mi hermosa anfitriona para un *vis-à-vis*, le pregunté inmediatamente sobre aquellas cuestiones que constituían un tema esencial para mi paz.

—¡Smith! —dijo mi compañera—. ¿El general John A. B. C.? ¡Terrible episodio aquel!, ¿no es verdad?... ¿Diamantes, dice usted? ¡Terribles infelices aquellos kickapoos!... Estamos jugando al *whist*, si le parece, señor Tattlle... Sin embargo, esta es la edad de los inventos, o mejor, *la edad*, podría decirse..., la edad *par excellence*. ¿Habla usted francés? ¡Oh, un héroe perfecto..., un perfecto valiente!... ¡Prodigios de valor! ¡Lo nunca oído!... ¿Cómo, Dios mío? ... Es el hombre...

—¡Mann..., el *capitán* Mann![2] —exclamó en este momento una voz femenina interrumpiendo desde el rincón opuesto—. ¿Están ustedes hablando sobre el capitán Mann y el duelo? ¡Oh, *tengo* que oírlo!... Diga, diga, señora O'Trump...

Y siguió la señora O'Trump hablando de un cierto capitán Mann, que fue matado o colgado, o las dos cosas: matado

---

[2] Poe juega con la palabra *man*, «hombre». (*N. del T.*)

y colgado. Sí... —la señora O'Trump siguió, y yo..., yo me marché. Ya no había oportunidad de oír nada aquella noche sobre el brigadier general John A. B. C. Smith.

Pude consolarme, con todo, con la reflexión de que alguna vez tendría éxito, y así, decidí emprender un ataque osado para informarme por el camino de aquel delicioso angelito que era la graciosa señorita Pirouette.

—¡Smith! —Dijo la señorita P., mientras bailábamos un *pas de zephyr*—. ¡Smith! ¿Por qué no el general John A. B. C.? ¡Horrendo episodio el de los bugaboos, ¿verdad? ¡Terribles criaturas aquellos indios!... ¡Gire bien sobre sus talones! Realmente me siento avergonzada de usted. ¡Hombre de gran valor! ¡Pobre muchacho!... Pero esta es una maravillosa edad de inventos. ¡Oh, querido mío! Estoy casi sin aliento... ¡Más que valiente!... ¡Prodigio de valentía!... *¡Lo nunca escuchado!...* ¡Casi no puede creerse!... Me sentaré y seguiré hablándole... ¡Smith! Porque es el hombre...

—¡Man-*Fred*, le digo a usted! —aquí gritó la señorita Blas-Bleu, mientras conducía yo a la señora Pirouette a su asiento—. ¿Ha oído a alguien llamarle así? Es Man-*Fred*, repito, y no se pronuncia como Man-*Friday*. Aquí la señorita Blas-Bleu me llamó apremiantemente, mediante señas, y me vi obligado, aun en contra de mis deseos, a abandonar a miss P. para decidir aquella disputa sobre el título de cierto drama poético de lord Byron. Aunque inmediatamente afirmé que el verdadero título era Man-*Friday* y no Man-*Fred*, cuando volví en busca de la señora Pirouette no volví a encontrarla, y aquella noche, con el espíritu amargado por la animosidad contra la raza de las Blas-Bleu, me volví a casa.

El asunto había tomado un aspecto realmente serio, y resolví visitar al momento a mi amigo el señor Theodore Sinivate, porque sabía que de él, al menos, podía obtener una información concreta.

—¡Smith! —dijo con su estilo peculiar, arrastrando las sílabas— ¡Smith! ¿El general John A. B. C.? Salvaje asunto aquel de los kickapo-o-o-o-s, ¿no es cierto? ¿No es así? ¡Un perfecto furioso! ¡Qué lástima, por mi honor!... Esta es una maravillosa edad de inventiva...! ¡Prodigio de valor! Pero, a propósito, ¿ha oído usted algo sobre el capitán Ma-a-a-a-n?

—¡Capitán Mann, diablos! —dije yo—. Le ruego que siga con la historia...

—¡Ejem!... ¡Oh, bien! Es casi *la même cho-o-se*..., como decimos en Francia... Smith, ¿verdad? ¿El general brigadier honorario John A... B... C...? Yo digo... —aquí el señor S. decidió que era oportuno poner su dedo junto a la nariz—, yo digo que no intentará usted insinuar ahora, real y verdaderamente, y con plena conciencia, que usted no sabe nada acerca del caso Smith tan bien como yo, ¿eh? ¡Smith? ¿John A... B... C...? Porque, ¡Dios me bendiga!, es el hombre...

—Señor Sinivate —dije yo suplicante—, ¿es el hombre de la máscara de hierro?

—¡No-o-o! —contestó con una mirada de inteligencia—, ni el hombre de la lu-u-u-na.

Esta respuesta me pareció puntillosa y evidentemente injuriante, y así, inmediatamente, salí de aquella casa, furioso, con la firme resolución de exigir a mi amigo, el señor Sinivate, una pronta explicación de su conducta descortés y descastada.

Entre tanto, sin embargo, mantenía la esperanza de tener un éxito en torno a las informaciones que me interesaban. Aún me quedaba un recurso. Iría al propio manantial de información. Haría pronto una visita al general en persona y le pediría claramente la solución de aquel misterio. Allí, al menos, la equivocación no sería posible. Yo sería claro, positivo, perentorio —tan sutil como una corteza de pastel—, y con la concisión de Tácito y Montesquieu.

Cuando fui a su casa era temprano, y el general se vestía, pero anuncié que me traían asuntos urgentes y fui conducido a su dormitorio por un viejo criado negro, que permaneció allí durante mi visita. Cuando entré a la estancia miré a mi alrededor, por supuesto, en busca del ocupante, pero no lo pude ver enseguida. Había un bulto, muy raro en su aspecto, que yacía a mis pies en el suelo, y como tenía un humor de perros le di una patada para abrirme paso.

—¡Eh! ¡Eh! Eso es poco cortés, me parece —dijo el bulto con una vocecita muy fina y divertida, algo así como un chillido o un silbido, como yo nunca había oído otra parecida en todos los días de mi existencia.

—¡Eh! Poco correcto, me parece.

Aterrorizado, lancé un grito espantoso y di un salto de costado hasta el extremo opuesto de la habitación.

—¡Dios me bendiga, mi querido amigo! —chilló otra vez el bulto—. ¿Qué..., qué..., qué le ocurre? Realmente creo que usted no me conoce en absoluto.

¿Qué *podía* yo contestar a todo aquello, qué podía? Me hundí en un sillón, y con los ojos y la boca desmesuradamente abiertos, me dispuse a esperar la solución del misterio.

—Es extraño que usted no me conozca, ¿no es cierto? —continuó silbando aquel ser indescriptible. Al final pude darme cuenta que sobre el suelo estaba haciendo unos movimientos raros, algo así como si estuviera tejiendo. Parecía tener una sola pierna.

—Es extraño que usted no me conozca, ¿no es cierto? Pompeyo, tráeme la pierna. Entonces Pompeyo acercó al bulto una admirable pierna de corcho, ya vestida, y se la atornilló en un abrir y cerrar de ojos; luego se puso de pie.

—*Fue* un combate terrible —continuó la cosa aquella en su soliloquio—. Pero cuando uno va a luchar con los bugaboos y los kickapoos no debe pensar que terminará con un simple rasguño. Pompeyo, ten la bondad de darme el brazo. Thomas —se volvió hacia mí— realmente tiene una mano maestra para hacer piernas de corcho; pero si usted lo que necesita es un brazo, déjeme entonces recomendarle a Bishop.

En esto Pompeyo le atornilló el brazo.

—Puede usted creer que el trabajo que tuvimos fue ingente. Ahora tú, perro, ponme los hombros y el pecho. Pettit fabrica los mejores hombros, pero si lo que busca es un pecho, acuda entonces a Ducrow...

—¡Un pecho! —dije.

—Pompeyo, ¡prepara ahora la peluca! Arrancar el cuero cabelludo es una operación muy dura, después de todo; pero cuando le ocurra un arañazo semejante, visite la casa de De L'Orme.

—¡Un arañazo!

—¡Oye, negro, ahora mis dientes! Para conseguir una *óptima* dentadura como la mía, diríjase a la casa Parmly; precios altos, pero excelente trabajo. Me tragué un artículo superior como este cuando el gran bugaboo me golpeó con la culata de su rifle.

Pero ¿terminarás de una vez? ¡Sujétame el ojo!

¡Cretino, atorníllame el ojo! Aquellos kickapoos no tuvieron la suficiente tranquilidad para vaciarlo; pero el doctor Williams es un hombre entendido; no podrá usted imaginarse lo bien que veo con los ojos que me hace.

Entonces empecé a darme perfecta cuenta de que el objeto que tenía ante mí era mi nuevo conocido el general brigadier honorario John A. B. C. Smith. Tengo que admitir que las manipulaciones habían conseguido una tremenda diferencia en el aspecto personal de aquel hombre. Sin embargo, la voz me dejaba aún un tanto pensativo; pero finalmente pude aclarar también ese secreto.

—Pompeyo, oye bandido —chilló el general—, ¿piensas que puedo salir sin mi paladar?

Entonces el negro, murmurando algunas disculpas, fue hacia su amo, y abriéndole la boca con toda la pericia de un *jockey*, le ajustó algo muy extraño parecido a una máquina, y fueron tan hábiles sus movimientos que no pude llegar a entenderlos completamente. La alteración, no obstante, que se produjo en el aspecto del general fue instantánea y sorprendente. Cuando habló de nuevo, su voz volvió a adquirir toda aquella rica melodía y fuerza que yo había notado cuando me lo presentaron.

—¡Demonios de vagabundos! —dijo en un tono tan claro que asombraba por el cambio—. ¡Demonios de vagabundos! No se contentaron con golpearme en el paladar y me cortaron las siete octavas partes de mi lengua. Pero no hay nadie que supere a Bofanti, en artículos de esta clase, en toda América. Se lo puedo recomendar a usted con toda la confianza —aquí el general hizo una reverencia—, y le aseguro a usted que tendría el mayor placer de hacerlo.

Le di gracias por su amabilidad y me despedí al momento con una perfecta información sobre el asunto, con una plena comprensión del misterio que durante tanto tiempo me había tenido intranquilo. Era un caso claro. El general brigadier honorario John A. B. C. Smith era el hombre..., *el hombre que se gastó*.

EL HUNDIMIENTO DE LA CASA USHER *

> Son coeur est un luth suspendu:
> Sitôt qu'on le touche, il résonne.
>
> DE BÉRANGER

DURANTE un día apagado, sombrío y silencioso del otoño, bajo el ciclo opresor de las nubes bajas, había yo viajado a caballo a través de una extensión singularmente árida de la campiña. Al fin, cuando las sombras de la noche iban cayendo, me hallé ante la vista de la melancólica mansión de los Usher. No sé cómo fue; pero lo cierto es que al primer vistazo del edificio, un sentimiento insufrible de tristeza invadió mi espíritu. Digo insufrible, porque aquella sensación no era aliviada por ninguno de esos sentimientos semiagradables, por lo que puedan tener de poético, con que la mente suele recibir incluso las más torvas imágenes de lo desolado o lo terrible. Contemplé la escena que se extendía ante mí —el desnudo edificio, el sencillo paisaje, las paredes heladas, las ventanas vacías, que parecían ojos, los escasos arbustos y los blancos troncos caí-

---

* Título original: *The Fall of the House of Usher*. Primera publicación: *Burton's Gentleman's Magazine*, septiembre 1839. Recopilado por vez primera en *Tales of the Grotesque and Arabesque*, 1840. Incluido también en la tercera recopilación, en vida de Poe (edición de referencia): *Tales*, Wiley and Putnam, 1845.

dos— con tan completa depresión de ánimo, que no puedo compararla a otra sensación terrena, sino a la que experimenta el fumador de opio al despertar de un sueño y pasar de nuevo a la vida diaria, y ver que el velo ilusorio ha caído de sus ojos. Había allí algo tan glacial, tan decaído, tan enfermizo, una desolación tan profunda, que se excluía todo estímulo imaginativo que pretendiera sublimarlo. ¿Qué era —me detuve a pensar— lo que me producía aquella depresión al contemplar la casa Usher? Era un misterio tan insoluble que ni siquiera podía concretar las oscuras fantasías que se atropellaban en mí durante la contemplación. Me vi forzado a volver a la insatisfactoria conclusión de que si bien *está* más allá de toda duda que existen combinaciones de simples objetos naturales que tienen el poder de afectarnos de este modo, carecemos aún de la facultad de analizar estas sensaciones. Era posible —reflexionaba conmigo mismo— que un simple arreglo de los elementos de la escena o de los detalles de aquel cuadro fuera suficiente para modificar o tal vez para aniquilar su capacidad de producir una impresión dolorosa. Y, obrando en consecuencia, conduje mi caballo a la escarpada orilla de un negro y tétrico lago que yacía con un suave brillo junto a la casa. Miré hacia abajo para solo conseguir un mayor estremecimiento, al ver reflejarse en las muertas aguas las repetidas e invertidas imágenes de los arbustos, de los árboles caídos y de las ventanas vacías como cuencas humanas.

A pesar de todo, en aquella lúgubre casa me proponía residir algunas semanas. Su propietario, Roderick Usher, había sido uno de mis alegres compañeros de infancia, pero habían pasado muchos años desde la última vez que nos vimos. Sin embargo, me había llegado a una alejada parte del país una carta de él, cuya anhelante demanda no admitía otra respuesta que mi presencia. Aquel manuscrito evidenciaba una nerviosa agitación. El que lo escribía hablaba de una enfermedad corporal aguda, de un trastorno mental que lo oprimía y de un vehemente deseo de verme como a su mejor, y de hecho, único amigo, para ver si con la alegría de mi compañía conseguía algún alivio para su enfermedad. El modo como decía aquello y muchas otras cosas, junto con la aparente *sinceridad* que se reflejaba en su *súplica,* fue lo que no me permitió vacilar, y en consecuencia, inmediatamente obedecí a lo que, pese a todo, seguía considerando una súplica bastante extraña.

Aunque de muchachos habíamos sido amigos íntimos, realmente yo no sabía mucho de él. Su reserva había sido siempre excesiva y habitual. Sin embargo, yo estaba enterado de que sus antepasados habían sido notables desde tiempo inmemorial por una peculiar sensibilidad de temperamento que se había desplegado por espacio de muchos años, en muchas obras de arte superior y manifestado últimamente en obras de caridad magnífica, aunque nada ostentosa, así como en una apasionada dedicación a las intrincadas, quizá aún más que ortodoxas y fácilmente reconocibles bellezas de la ciencia musical. También había tenido noticia del hecho muy notable de que el tronco de la raza Usher, de tan antigua reputación, no había generado nunca ramas colaterales; en otras palabras: que toda su descendencia era por línea directa y siempre con muy insignificantes y temporales variaciones. Así había quedado. En esa deficiencia, considerada por mí mientras analizaba la perfecta armonía del carácter de la vivienda con el acreditado carácter de su gente, y mientras reflexionaba sobre la posible influencia que la primera había ejercido sobre los otros, no podía menos de suponer que aquella misma deficiencia, unida a la consiguiente transmisión ininterrumpida de padre a hijo, de señor en heredero, a una identificación completa entre el patrimonio y la familia, fundiéndose el elemento real con el personal, era lo que a la larga los había identificado hasta el punto de fundir el título original con el curioso y ambiguo de «Casa Usher», nombre que parecía incluir en las mentes de los campesinos, siempre que lo usaban, la idea de la casa y de sus moradores.

He dicho que el solo resultado de mi algo pueril experimento —el de mirar dentro del pequeño lago— fue el de profundizar más la primera y singular impresión que aquel paisaje me había producido a primera vista. No cabría duda de que la conciencia del rápido incremento de mi superstición —¿por qué había de llamarla así?— servía principalmente para acelerar su intensidad. Tal es, hace mucho tiempo que me he convencido de ello, la paradójica ley de todos los sentimientos que tienen por base el miedo. Y podía haber sido por esta razón únicamente por la que, cuando volví a levantar la cabeza de nuevo, trasladando la mirada del lago a la casa, se originó en mi espíritu una extraña fantasía que solo menciono para mostrar la viva fuerza de las sensaciones que me oprimían. Había yo fatigado mi imaginación a tales extremos que llegué a figurarme que por toda la mansión y todo el dominio flotaba una atmósfera peculiar y privativa del lugar, una atmósfera que no tenía afinidad con el aire del cielo, sino que más bien emanaba de los podridos árboles y del verde valle y del silencioso lago —un vapor pestilente, pesado, inactivo, débilmente discernible, de tono plomizo.

Sacudiendo de mi espíritu lo que *no pudo* ser más que un sueño, escudriñé con más detenimiento el aspecto del edificio. Su principal carácter parecía ser una extraordinaria antigüedad. El decoloramiento a causa de los siglos había sido grande. Diminutos hongos se extendían por la fachada de la casa, tapizándola con el delicado entramado de su tejido y podredumbre. Sin embargo, todo esto nada tenía que ver con un deterioro extraordinario. La obra de albañilería no presentaba ninguna herida, aunque parecía existir un extraño desacuerdo entre el perfecto ajuste de sus partes y lo desmoronado de cada una de las piedras. En aquel inmueble había mucho que me hacía recordar la engañosa integridad de una antigua obra de carpintería, que se ha ido carcomiendo durante años en algún desván descuidado adonde no llega el beneficio del aire exterior. Aparte de aquel aspecto de ruina general, el edificio, con todo, no daba la menor señal de inestabilidad. Tal vez el ojo de un observador minucioso hubiera podido descubrir una grieta apenas perceptible, que extendiéndose desde el techo de la fachada bajaba por la pared en zigzag hasta perderse en las tétricas aguas del lago.

Mientras pensaba en estas cosas, seguí por una corta calzada que conducía a la casa. Un mozo que aguardaba se hizo cargo de mi caballo y entré bajo la bóveda gótica del vestíbulo. Otro criado de paso silencioso me condujo desde allí, por varios oscuros e intrincados pasadizos, al *estudio* de su amo. Mucho de lo que encontré en el camino contribuyó, no sé cómo, a aumentar los vagos sentimientos de los cuales ya he hablado. Aunque los objetos que me rodeaban —las esculturas de los techos, las oscuras tapicerías de las paredes, la negrura de ébano de los pisos y los fantasmagóricos trofeos heráldicos que traqueteaban a cada pisada— eran para mí cosas a las que yo me había acostumbrado desde pequeño, me quedé sorprendido al comprobar que provocaban en mi ánimo impresiones desacostumbradas. En una de las escaleras me encontré al médico de la familia. Su semblante, pensé, reflejaba una expresión mezcla de baja trapacería y de perplejidad. Se cruzó rápidamente conmigo y pasó de largo. El criado abrió entonces una puerta y me condujo a presencia de su amo.

La habitación en que penetré era muy grande y muy elevada. Las ventanas, largas, estrechas y puntiagudas, estaban a tal distancia del negro piso de roble que resultaban completamente inaccesibles. Débiles rayos de una luz roja atravesaban las vidrieras y servían para ver con suficiente claridad los objetos más destacados; los ojos, sin embargo, luchaban en vano por distinguir los rincones de la estancia y el fondo del abovedado y calado techo. Oscuros tapices pendían de las paredes. El mobiliario, en general, era profuso, incómodo, anticuado y ajado por los años. Aquí y allá había diseminados varios libros, así como instrumentos musicales. Sin embargo, aquello no era suficiente para dar vida a la escena. Yo sentía que respiraba una atmósfera penosa. Un aire de severa, profunda e irremisible melancolía se cernía y lo penetraba todo.

Al verme entrar, Usher se levantó de un sofá donde había estado echado y me acogió con una calurosa efusión que se asemejaba mucho, según pensé desde el primer momento, a una exagerada cordialidad, al obligado esfuerzo de un hombre *hastiado* de la vida. Sin embargo, un nuevo vistazo bastó para convencerme de su absoluta sinceridad. Nos sentamos, y durante unos instantes que él guardó silencio lo contemplé con un sentimiento mitad de piedad y mitad de pena. ¡Seguramente, ningún hombre había cambiado tan terriblemente y en tan breve tiempo como Roderick Usher! Solo con mucha dificultad pude identificar aquel ser que se hallaba ante mí con el compañero de mis primeros años. El carácter de su rostro siempre había sido notable. Una tez cadavérica, unos ojos grandes y luminosos más allá de toda comparación; unos labios algo delgados y muy pálidos, pero de una curva sorprendentemente bella; una nariz de fino tipo hebreo, pero, con las ventanas nasales de una anchura poco frecuente en tales formas; un mentón bellamente moldeado, que por su poca prominencia denotaba una falta de energía moral; un pelo de una suavidad y tenuidad como de telaraña; aquellas facciones, junto con un ordinario ensanchamiento de la frente, formaban toda una cara difícil de olvidar. Y ahora, en la simple exageración del carácter dominante de aquellas características y de la expresión que solían presentar, había tanto cambio que yo dudaba de la identidad del hombre con el que estaba hablando.

La palidez espectral de su rostro y el milagroso brillo de sus ojos eran las cosas que más me sorprendían y aterrorizaban. Además, se había dejado crecer el sedoso cabello con el mayor descuido, y como aquel tejido arácneo flotaba más que caía sobre su cara, yo no podía, ni con esfuerzo, relacionar su particular expresión con ninguna idea de simple humanidad.

Inmediatamente me llamó la atención cierta incoherencia e inconsistencia en sus modales, descubriendo poco después que aquello provenía de una serie de esfuerzos débiles y vanos para dominar una vibración habitual, una excesiva agitación nerviosa. De hecho, yo estaba preparado para algo parecido, no tanto por su carta como por los recuerdos de ciertos detalles de su niñez y por las conclusiones deducidas de su peculiar conformación física y temperamento. Su acción era alternativamente apresurada y lenta. Su voz variaba rápidamente de una trémula indecisión (cuando los espíritus vitales parecen ausentes en absoluto) a esa especie de enérgica concisión, a esa pronunciación brusca, grave, pausada y hueca, a esa cargada y ondulada pronunciación gutural, perfectamente emitida, que se puede observar en el borracho perdido o en el incorregible tomador de opio, durante los períodos de mayor excitación.

Así fue cómo me habló del objeto de mi visita, de su ardiente deseo de verme y del consuelo que esperaba de mí. Finalmente, entró en lo que él creía ser la naturaleza de su enfermedad. Era, dijo, un mal constitucional y familiar y para el cual desesperaba de encontrar remedio; una simple enfermedad nerviosa, añadió inmediatamente, que sin duda pasaría pronto. Se manifestaba en una serie de sensaciones nada naturales, algunas de las cuales, según me las contaba, me interesaron y me confundieron; sin embargo, es posible que influyesen en ello los términos y el tono general de la narración. Sufría mucho de una morbosa agudización de los sentidos; los alimentos más insípidos eran los únicos que podía tolerar; solo podía llevar trajes de ciertos tejidos; el olor de las flores le oprimía; la luz más débil torturaba sus ojos; y solamente había peculiares sonidos, y estos de instrumentos de cuerda, que no le inspirasen horror.

Lo encontré esclavizado a los más extraños terrores. «Me moriré —dijo—, *tengo* que morir de esta deplorable locura. Así, así, y no de otra manera moriré. Me asustan los acontecimientos futuros, no por ellos mismos, sino por sus resultados. Tiemblo al pensar en los efectos que cualquier incidente, aun el más trivial, pueda causar en esta intolerable agitación de mi alma. No tengo, en realidad, horror al peligro, sino a su absoluto efecto: el terror. En este estado de enervamiento, en este estado lamentable, siento que más tarde o más temprano llegará el momento en que la vida y la razón me abandonarán al mismo tiempo, en alguna lucha contra el horrendo fantasma del *Miedo*.»

Supe, además, a intervalos y por indicaciones parciales y equívocas, otros datos particulares de su situación mental. Estaba conmovido por ciertas impresiones supersticiosas relativas a la casa que habitaba y de la cual hacía mucho tiempo que no se había atrevido a salir, impresiones que se referían a una influencia cuya supuesta fuerza residía en términos demasiado sombríos para ser repetidos aquí; influencia —decía él— que determinadas peculiaridades de la forma y las materias de su casa familiar, debido al largo tiempo transcurrido, haciendo que el efecto *físico* de los muros, de las torres grises y del oscuro lago en el cual se miraban, llegase a conformar o deformar lo que pudiera llamarse la *moral* de su existencia.

Sin embargo, admitía, aunque con cierta vacilación, que mucho de la peculiar melancolía que lo afligía podía atribuirse a un origen más natural y más claro: a la grave y prolongada enfermedad y, por último, a la muerte, evidentemente próxima, de una hermana tiernamente amada, que fue su única compañera durante muchos años y su último y único pariente sobre la tierra. «Su muerte —dijo él con una amargura que nunca olvidaré— me dejará débil y desesperado, como el último de la raza de los Usher.» Mientras hablaba, lady Madeline, que así se llamaba su hermana, pasó lentamente por un lugar alejado del apartamiento, y sin advertir mi presencia, desapareció. La observé con gran asombro, no sin mezcla de temor, pero me fue imposible darme cuenta de tales pensamientos. Una sensación de sopor me oprimía, mientras mis ojos seguían sus pasos, que se alejaban. Cuando, por último, una puerta se cerró tras ella, mis ojos buscaron instintivamente y con ansiedad la expresión de su hermano, pero él había escondido su rostro entre las manos y solo pude darme cuenta de que una palidez mayor que la ordinaria, se había extendido por sus enflaquecidos dedos, por entre los cuales corrían con abundancia apasionadas lágrimas.

La enfermedad de lady Madeline había burlado durante mucho tiempo la pericia de los médicos. Una continuada apatía, un agotamiento gradual de la persona y frecuentes, aunque transitorios, ataques de carácter cataléptico, eran su insólito diagnóstico. Hasta entonces, ella había soportado firmemente el peso de su enfermedad sin recluirse en el lecho, pero a la caída de la tarde de mi llegada a la casa, sucumbió (como su hermano me dijo por la noche con inexpresable agitación) al demoledor poder de la destrucción y supe que la mirada que yo había obtenido de ella posiblemente sería la última que yo obtendría de aquella dama, viva al menos, y no la vería más.

Durante los días que siguieron, su nombre no fue mencionado ni por Usher ni por mí, y durante aquel período hice grandes esfuerzos para aliviar la melancolía de mi amigo. Pintábamos y leíamos juntos, o bien, yo escuchaba, como si de un sueño se tratase, las extrañas improvisaciones de su expresiva guitarra; y así mientras una intimidad cada vez más estrecha me introducía sin reservas en las profundidades de su espíritu, advertía amargamente cuán fútiles resultaban todos mis intentos para alegrar un espíritu en el cual las tinieblas, como una cualidad inherente y positiva, se derramaban sobre todos los objetos del universo físico y moral con una incesante irradiación de melancolía.

Siempre llevaré conmigo el recuerdo de las muchas horas, cargadas de solemne gravedad, que pasé a solas con el dueño de la Casa Usher. Sin embargo, fallaría al intentar dar una idea del carácter exacto de los estudios, o de las ocupaciones que compartíamos, o que él iniciaba. Una excitada idealidad proyectaba su luz sulfúrea sobre todo. Sus largos e improvisados cantos fúnebres sonarán para siempre en mis oídos. Entre otras cosas, recuerdo dolorosamente en mi espíritu cierto singular arreglo perverso del último vals de Von Weber. De los cuadros que incubaba su laboriosa fantasía y que pincelada a pincelada alcanzaban una vaguedad ante la cual yo me estremecía del modo más violento, pues me sobrecogía sin saber por qué; de aquellos cuadros (que con sus imágenes están vivos ahora en mí) me resulta imposible traducir en palabras la más pequeña parte de su significado. Por su absoluta sencillez y por la desnudez de su dibujo retenían y sobrecogían la atención. Si alguna vez un mortal pintó una idea, ese mortal fue Roderik Usher. Para mí al menos —en las circunstancias que me rodeaban— las puras abstracciones que aquel hipocondríaco proyectaba en sus lienzos producían una sensación de ruina intolerable. El efecto que despertaron en mí no se parecía en nada al que habían despertado las resplandecientes aunque no demasiado concretas ensoñaciones de Fuseli.

Una de las fantasmagóricas concepciones de mi amigo, que no participaba tan rígidamente del espíritu de abstracción, podría explicarse, aunque débilmente, por medio de palabras. Un cuadrito suyo representaba el interior de una larga y rectangular cueva o túnel, de bajas paredes, lisas, blancas y sin interrupción ni adorno; ciertos detalles accesorios de la pintura servían para hacer comprender que esa excavación se abría a una profundidad considerable. No se observaba salida alguna, ni se veía antorcha ni otra fuente artificial de luz; y, con todo, una oleada de intensos rayos fluctuaba alrededor y bañaba el conjunto con un esplendor espectral e inapropiado.

Acabo de hablar del morboso estado del nervio auditivo que hacía intolerable toda música para el paciente, con la única excepción de ciertos instrumentos de cuerda. Tal vez los estrechos límites en los cuales se había confinado él mismo al tocar la guitarra eran lo que daba origen en gran medida al carácter fantástico de sus ejecuciones. Pero la febril *facilidad* de sus *impromptus* no podría explicarse por ello. Así había de ser y así era, en las notas como en las palabras de sus fogosas fantasías (pues muy frecuentemente se acompañaba a sí mismo con rimadas improvisaciones verbales), el resultado de aquel intenso recogimiento moral y concentración a los que he aludido previamente y que no se observan sino en determinados momentos de la más intensa excitación artificial. El texto de una de esas rapsodias lo he recordado fácilmente. Quedé, tal vez, más fuertemente impresionado por ellas cuando las produjo, porque bajo la profunda y misteriosa corriente de su pensamiento yo percibía por vez primera una plena conciencia por parte de Usher de su estado mental, y sentía que la razón se le tambaleaba en su trono. Aquellos versos que se titulaban «El palacio hechizado» venían a ser, muy aproximadamente, como siguen:

I

En el valle más verde de nuestros valles
por buenos ángeles habitado,
una vez, un bello y firme palacio
en otro tiempo alzó su frente.

En el dominio del monarca Pensamiento,
era donde se alzaba.
Jamás un serafín desplegó sus alas
sobre obra tan maravillosa.

II

Banderas amarillas de oro y gloria
en su techo flotaban y ondulaban.
(Esto —todo esto— fue hace mucho tiempo.
Mucho tiempo atrás.)
A cada suave soplo de la brisa que retozaba
en tan amables días
rozando las murallas desnudas y pálidas,
un alado perfume provocaba.

III

Vagabundos por ese alegre valle
veían a través de ventanas luminosas
moverse unos espíritus con la música,
al compás de un laúd bien templado,
alrededor de un trono donde estaba sentado
(¡porfirogéneto!)
con pompa muy digna de su gloria,
al señor de aquel reino se veía.

IV

Y toda reluciente de perlas y rubíes
era la hermosa puerta del palacio,
por la cual llegaban oleadas, oleadas,
y centelleando eternamente
un tropel de ecos, cuya dulce misión

no era sino cantar,
con voces de gran belleza
el genio y el ingenio de su Rey.

V

Pero malvados seres con vestido de duelo
asaltaron el palacio del monarca.
(¡Ah! ¡Lloremos amargamente tal desgracia!
¡Ningún alba despuntará sobre la regia residencia!)
Y alrededor de su mansión, la gloria
que entonces florecía,
no es ya sino un cuento oscuro
de antiguos tiempos olvidados.

VI

Y ahora los viajeros que atraviesan el valle
solo ven a través de ventanas
vastas formas que se mueven fantásticamente
en una discordante zarabanda,
mientras que como un río rápido y lúgubre
por la puerta
un feo tropel se precipita y ríe
sin alcanzar sonriendo la gracia.

Recuerdo bien que las sugestiones producidas por esta balada nos sumieron en una serie de pensamientos que pusieron de manifiesto una opinión de Usher, recordada aquí, no tanto por su novedad (pues otros hombres[1] han tratado de ello), sino

---

[1] Watson, doctor Percival, Spallanzani, y especialmente obispo de Landaff. Ver *Chemical Essays*, vol. V.

por la insistencia con que la sostenía. Esta opinión, en su forma general, es la de que los seres pertenecientes al mundo vegetal poseen una sensibilidad. Pero en su desordenada imaginación la idea había adquirido un carácter más osado aún, e invadía, bajo ciertas condiciones, el reino de lo inorgánico. Carezco de palabras para expresar todo el alcance o el vehemente *abandono* de su persuasión. La creencia, sin embargo, estaba relacionada (como antes he insinuado) con las piedras grises de la casa de sus antepasados. Las condiciones de sensibilidad se habían cumplido allí, según él imaginaba, por el orden de distribución de las piedras, así como por los innumerables *hongos* que las recubrían y los árboles que rodeaban la mansión, y sobre todo, por la larga y no perturbada duración de todo aquel orden y por su duplicación en las grises aguas del lago. La evidencia —la evidencia de la sensibilidad— podía verse (decía, y entonces yo me sorprendía de oírlo hablar) en la gradual aunque cierta condensación de la atmósfera cercana a las aguas del lago y a las paredes de la casa. El resultado se descubría, añadía él, en aquella influencia muda pero insistente y terrible que durante siglos había moldeado los destinos de su familia y que había hecho *de él* lo que era. Tales opiniones no necesitan comentario y yo no haré ninguno.

Nuestros libros —los libros que durante años habían formado una pequeña parte de la existencia del inválido— estaban, como puede suponerse, en completo acuerdo con aquel carácter fantasmal. Estudiábamos minuciosamente obras tales como: el *Ververt et Chartreuse*, de Gresset; el *Belphegor*, de Maquiavelo; *El Cielo y el Infierno*, de Swedenborg; *El viaje subterráneo de Nicolás Klimm*, de Holberg; las *Quiromancias*, de Robert Flud, de Jean d'Indaginé y De la Chambre; el *Viaje a la distancia azul*, de Tieck, y la *Ciudad del sol*, de Campanella. Uno de los volúmenes favoritos era una pequeña edición en octava del *Directorium Inquisitorium*, del dominico Eymeric de Gironne. Había pasajes de Pomponius Mela, acerca de los sátiros y egipanes africanos, con los cuales Usher se ensimismaba durante horas enteras. Sin embargo, su principal goce lo hallaba en la lectura de un extraordinario, raro y curioso libro en cuarto gótico, que procedía de alguna iglesia olvidada: el *Virgiliæ Mortuorum Chorum Ecclesiæ Maguntinæ*.

No puedo dejar de pensar en el extraño ritual de aquella obra y en su probable influencia en el hipocondríaco, porque una tarde, después de informarme bruscamente que su hermana lady Madeline había muerto, me manifestó sus propósitos de mantener insepulto el cadáver durante una quincena (antes de su entierro definitivo), en una de las numerosas criptas existentes en el edificio. La razón humana que él aducía para tan singular conducta era de tal naturaleza que yo no podía permitirme discutirla. Como hermano, había negado a tal resolución (así me lo dijo) por considerar el carácter poco común de la enfermedad de la muerta, porque los mismos médicos sentían curiosidad en torno a aquel fallecimiento, y por la remota y arriesgada situación del cementerio de la familia. No negaré que cuando volví a recordar el aspecto siniestro de la persona que vi en la escalera el día de mi llegada a la casa no sentí deseos de oponerme a lo que solo consideraba una precaución inofensiva y de ningún modo reprobable.

A petición de Usher, le ayudé personalmente en los preparativos de aquel enterramiento temporal. Una vez que depositamos el cuerpo en el ataúd, lo llevamos al lugar designado. La cueva donde lo colocamos (cerrada tanto tiempo que nuestras antorchas casi se apagaron como consecuencia de la atmósfera confinada) era pequeña, húmeda y totalmente desprovista de cualquier entrada de luz, quedando a gran profundidad, inmediatamente debajo de la parte del edificio donde se hallaba la habitación en que yo dormía. Aparentemente, en remotos tiempos feudales había sido usada para el peor fin: el de mazmorra;

y en los últimos días, como polvorín o para guardar otras sustancias altamente combustibles, estando una porción del suelo y todo el interior de un largo corredor abovedado por donde llegamos, cuidadosamente recubierto de cobre. La puerta, de hierro macizo, había sufrido también una protección similar. Su inmenso peso producía un inusitado y agudo ruido chirriante cuando giraba sobre sus goznes.

Una vez que dejamos depositada nuestra carga fúnebre sobre unos soportes en aquella mansión de horror, levantamos un poco la tapa del ataúd, aún no clavada, y echamos una mirada sobre el rostro de su ocupante. Al punto me llamó la atención el fuerte parecido del hermano con su hermana, y Usher, adivinando tal vez mis pensamientos, murmuró algunas palabras por las cuales supe que la difunta y él eran gemelos y que siempre había existido entre ellos una simpatía de naturaleza casi inexplicable. No obstante, nuestras miradas no permanecieron mucho tiempo fijas en la muerta, porque no pudimos contemplarla sin espanto. La enfermedad que había acabado con la vida de lady Madeline en plena juventud le había dejado —como sucede generalmente en las personas fallecidas por catalepsia— una especie de falsa rubicundez en el rostro y la parte del pecho que se descubría, pintándose en aquella sonrisa furtiva que resulta espantosa en los labios de una persona muerta. Volvimos a colocar y clavar la tapa, y después de haber asegurado la puerta de hierro, emprendimos con trabajo el regreso hacia las habitaciones no menos melancólicas de la parte alta de la casa.

Transcurridos algunos días de amargo pesar para mi amigo, se operó un cambio ostensible en los síntomas de su desorden mental. Sus maneras habituales habían desaparecido. Sus costumbres ordinarias eran desatendidas y olvidadas. Vagaba de habitación en habitación con prisa desigual y sin objeto. Su tez había asumido, si es posible, una palidez aún más espectral, pero la luminosidad de sus ojos había desaparecido por completo. Desapareció el áspero tono de voz que adoptaba en ocasiones, reemplazado por un trémulo balbuceo que parecía provenir de un terror extremado. De hecho, algunas veces yo hubiera jurado que su espíritu, incesantemente agitado, luchaba con algún secreto horrible, pero que le faltaba el valor necesario para revelarlo. Otras veces me veía obligado a atribuirlo todo a las simples vaguedades de la locura, pues le veía observar el vacío durante largas horas en una actitud de profunda atención, como si escuchara algún sonido imaginario. No debe sorprender que su estado me aterrara, que me contagiase. Sentí que de modo lento y seguro se iban adueñando de mi espíritu las extrañas influencias de sus fantásticas e impresionantes supersticiones.

Una noche, la séptima o la octava desde que trasladamos a Madeline a su tumba transitoria, al acostarme a hora avanzada, experimenté plenamente el poder de tales sensaciones. El sueño no quería acercarse a mi lecho, mientras las horas transcurrían una a una. Luché por buscar la razón del nerviosismo que me dominaba. Trataba de creer que casi todo lo que sentía se debía a la opresiva influencia del triste mobiliario de la habitación, de los oscuros y rasgados tapices, torturados por el viento en una tempestad naciente, que se agitaban sobre las paredes y chocaban lúgubremente con los adornos de la cama. Pero mis intentos resultaron inútiles. Un temor incontenible fue poco a poco invadiendo mi cuerpo y, al fin, la pesadilla de una angustia sin motivo se asentó en mi corazón. Respirando con fuerza, conseguí apartarlo de mí, e incorporándome sobre las almohadas y atisbando con ansiedad por la intensa oscuridad de la sala, escuché, sin otra razón que un impulso instintivo, ciertos opacos e indefinibles sonidos que llegaban a mí, a largos intervalos, en las pausas de la tormenta. Dominado por un intenso sentimiento de horror, inexplicable pero invencible, me vestí con apresuramiento (pues tenía el presentimiento de que no podría dormir nada más durante la noche) y luchando para sobreponerme a mí mismo, comencé a recorrer la habitación de arriba abajo.

Apenas había dado unas cuantas vueltas, sentí pasos ligeros en la escalera. Inmediatamente reconocí que se trataba de Usher. Al cabo de un momento, llamó suavemente a la puerta y entró llevando una lámpara. Su rostro, como de costumbre, tenía un aspecto cadavérico, pero además en esta ocasión se reflejaba en él una especie de morbosa hilaridad, una *histeria* evidentemente contenida en todas sus formas. Su aspecto me aterró; pero cualquier cosa era preferible a la soledad que yo durante tanto tiempo había soportado, por lo que acogí su presencia como un alivio.

—¿No has visto? —dijo bruscamente, después de haber mirado a su alrededor y en silencio durante algunos instantes—. Entonces, ¿tú no lo has visto? ¡Pues espera! ¡Ya lo verás!

Diciendo esto, y protegiendo con cuidado su lámpara, se apresuró hacia una de las ventanas y la abrió de par en par a la tormenta.

La furia impetuosa del agua casi nos levantó del suelo. La noche tempestuosa tenía una imponente belleza y era única y extraña en su terror y en su hermosura. En las proximidades de la casa se había formado un torbellino que hacía frecuentes y violentas alteraciones en la dirección del viento, y la excesiva densidad de las nubes, que colgaban tan bajas como para aplastar el tejado, no nos impedía apreciar la viva velocidad con que corrían unas contra otras desde todos los puntos, sin alejarse en la distancia. Ya he dicho que su excesiva densidad no nos impedía apreciar aquello, a pesar de que no vislumbrábamos destello alguno de luna o luz de estrellas, ni había ningún resplandor de relámpago. Pero las superficies inferiores de las enormes masas de agitado vapor, lo mismo que todos los objetos terrestres que nos rodeaban, brillaban a la luz sobrenatural de una débil exhalación gaseosa que rodeaba toda la casa.

—¡No debes, no tienes que ver eso! —le dije temblando a Usher; y con suave violencia lo conduje desde la ventana al sillón—. Estas apariencias que te impresionan, son simplemente fenómenos eléctricos muy frecuentes, o tal vez tengan su origen espectral en los fétidos miasmas del lago. Cerremos esta ventana, pues el aire está helado y puede resultar malo para tu salud. Aquí tengo una de tus novelas favoritas. Leeré y tú me escucharás, y así dejaremos pasar juntos esta terrible noche.

El antiguo volumen que yo había tomado era el *Mad Trist*, de sir Launcelot Canning; pero lo había llamado el libro favorito de Usher más en broma que en serio, pues, a decir verdad, poco había en su baja y nada imaginativa prolijidad que pudiera tener interés para la alta y espiritual idealidad de mi amigo. Pero era el único libro que tenía a mano y alimentaba la vaga esperanza de que la agitación que entonces perturbaba al hipocondríaco podría encontrar alivio (pues la historia de los desórdenes mentales está llena de anomalías similares) en la misma exageración de las locuras que iba a leerle. Si hubiera tenido que juzgar por el aire extrañamente tenso con que escuchaba o aparentaba escuchar las palabras del cuento, podía haberme felicitado del éxito de mi idea.

Había llegado a esa parte tan conocida de la historia en que Ethelred, el héroe del *Trist*, habiendo intentado en vano por pacíficos procedimientos penetrar en la morada del ermitaño, decide entrar por la fuerza. Debe recordarse que las palabras del cuento son como sigue:

«Y Ethelred, que era por naturaleza de valeroso corazón, y que estaba entonces enardecido por la energía del vino que había bebido, no esperó mucho tiempo para poder hablar con el ermitaño, que era de obstinada y maliciosa naturaleza, sino que sintiendo la lluvia sobre sus hombros y temiendo ser alcanzado por la tempestad, levantó su mazo inmediatamente y con rudos golpes abrió paso a su mano enguantada a través de las maderas de la puerta, y tirando entonces fuertemente de una parte a otra, hizo crujir, rajarse y saltar en astillas todo, de tal modo que el seco y penetrante sonido de la madera se propagó por todo el bosque, sembrando la alarma».

Al final de este párrafo, me detuve sobresaltado, pues me parecía que (aunque inmediatamente supuse que mi excitada imaginación me había engañado) de una parte muy lejana de la casa llegaban confusamente a mis oídos lo que podía haber sido, por su extraña analogía, el eco (ciertamente apagado y sordo) del mismo sonido crujiente y desgarrador que sir Launcelot había descrito de modo tan particular. Era, sin duda alguna, la única coincidencia que atrajo mi atención, pues en medio del tableteo de las contraventanas y los ruidos que se entremezclaban con la tormenta, el ruido aquel, considerado en sí mismo, no tenía nada que pudiera interesarme o molestarme. Continué el relato:

«Pero el buen campeón Ethelred, entrando entonces por la puerta, se quedó tan perplejo como enfurecido al no encontrar ni rastro del malicioso ermitaño. En su lugar se dio de lleno con un dragón de apariencia monstruosa, cubierto de escamas y con una lengua de fuego, que se hallaba de guardia delante de un palacio de oro con piso de plata. Del muro colgaba un escudo de bronce con esta leyenda:

Quien entre aquí, será un conquistador.
Quien mate al dragón, el escudo ganará.

»Ethelred levantó su mazo y golpeó la cabeza del dragón, que cayó ante él, exhalando un pestífero aliento, con un bramido tan horrible, tan áspero y a la vez tan penetrante, que

Ethelred se cubrió sus oídos con las manos para librarse de un terrible ruido que nunca hasta entonces había escuchado».

Al llegar a este punto, volví a detenerme, y esta vez lleno de asombro, pues no podía caber duda de que en aquel instante yo estaba oyendo real y verdaderamente (aunque me fuera imposible precisar en qué dirección provenía) un ruido sordo y aparentemente distante, pero áspero, prolongado y singularmente agudo y penetrante; exacta imitación de lo que mi imaginación había supuesto ser el horrible bramido del dragón descrito por el novelista.

Oprimido como ciertamente lo estaba sobre la casualidad de la segunda y más extraordinaria coincidencia, por mil sensaciones contradictorias, entre las que predominaba el asombro y el terror, tuve, sin embargo, la suficiente presencia de ánimo como para abstenerme de excitar por medio de cualquier observación la sensibilidad nerviosa de mi amigo. Yo no estaba muy seguro de que él hubiera escuchado el sonido en cuestión, aunque, evidentemente, en los últimos minutos, una extraña alteración se había operado en su actitud. Situado frente a mí, había ido girando poco a poco su silla como para sentarse mirando hacia la puerta; de este modo, apenas podía ver sus rasgos, aunque veía sus labios temblar con un murmullo irreconocible. Había inclinado la cabeza sobre el pecho, pero yo sabía que no dormía porque el ojo que yo veía de perfil estaba abierto. Además, el movimiento de su cuerpo contradecía esta idea, pues se movía de un lado a otro con un constante y uniforme balanceo. Habiendo observado con rapidez todo esto, volví a la narración de sir Launcelot, que proseguía así:

«Después, el campeón, habiéndose escapado de la terrible furia del dragón, recordando la leyenda del escudo de bronce y de que el encantamiento que figuraba encima estaba roto, apartó el cadáver del dragón fuera de su camino y se acercó valerosamente por el pavimento de plata del castillo hacia la pared donde estaba el escudo, el cual, sin esperar a que el caballero se le acercara, cayó pesadamente a sus pies sobre el piso de plata, produciendo un enorme y terrible sonido...».

No habían acabado de salir aquellas palabras de mis labios, cuando, como si en aquel instante un escudo de bronce hubiese caído pesadamente sobre un suelo de plata, escuché el eco claro, hueco, profundo, metálico y clamoroso, pero como apagado. Completamente excitado, salté bruscamente, pero todo aquello no pareció afectar en nada el mesurado balanceo de Usher. Me precipité sobre la silla en que se sentaba. Sus ojos miraban fijamente ante sí, y en todo su cuerpo reinaba una rigidez de piedra. Sin embargo, cuando coloqué mi mano sobre su hombro, todo su cuerpo se estremeció, una sonrisa apagada tembló en sus labios y vi que él hablaba en un bajo, apresurado e inarticulado murmullo, como si estuviera ajeno a mi presencia. Me incliné sobre él y al fin pude entender el horrible significado de sus palabras:

—¿No lo oyes? Sí, yo lo oigo, lo *he* oído. Hace mucho tiempo, mucho tiempo, muchos minutos, muchas horas, muchos días que lo he oído. ¡Pero no me atrevía! ¡Oh mísero de mí, miserable desafortunado! No me atrevía. No me *atrevía* a hablar. *Nosotros la pusimos con vida en la tumba.* ¿No te dije que mis sentidos tenían una agudeza excepcional? *Ahora* te digo que pude oír sus débiles movimientos en el ataúd. Los oí hace muchos, muchos días, pero no me atrevía. *No me atrevía a hablar*, y ahora, esta noche... ¡Ethelred! El dragón. ¡Ja, ja, ja!... La rotura de la puerta del ermitaño... ¡y la muerte del dragón!... ¡y el clamor del escudo!... ¡Di más bien el ruido de su ataúd y el rechinar de los goznes de hierro de su prisión y su lucha en el pasadizo forrado de cobre! ¡Oh! ¿Adónde huiré? ¿No llegará ella aquí, dentro de un momento? ¿No está apresurando su paso para reprocharme mi prisa por enterrarla? ¿No estoy oyendo sus pasos en la escalera? ¿No distingo aquel pesado y horrible latir de su corazón? ¡Insensato de mí! —Se puso de pie furiosamente y gritó estas sílabas como si en el esfuerzo exhalase su alma—. *Insensato —repitió—. ¿Pero no ves que ella está ahora detrás de la puerta?*

Y como si en la sobrehumana energía de su rostro se hubiese producido la potencia de un hechizo, las enormes y antiguas hojas de la puerta que el desdichado señalaba abrieron lentamente sus poderosas mandíbulas de hierro. Una violenta ráfaga de viento huracanado abrió, finalmente, de par en par aquella puerta y en su marco *apareció* la altiva y amortajada figura de lady Madeline de Usher. Había sangre en sus blancas ropas y la evidencia de alguna amarga lucha sobre toda su enflaquecida persona. Durante un momento se quedó temblorosa y tambaleándose en el umbral; luego, tras un sordo gemido, cayó pesadamente sobre la persona de su hermano y en sus violentas y postreras agonías de muerte lo arrastró al suelo; cadáver y víctima de los terrores que había anticipado.

De aquella habitación y de aquella casa escapé horrorizado. La tormenta estaba en todo su apogeo cuando me hallé cruzando la vieja calzada. De pronto resplandeció a lo largo de la senda una extraña luz que iluminaba el camino. Me volví repentinamente para ver de dónde podía haber salido aquella inesperada iluminación, pues detrás de mí solo estaban la enorme casa y sus sombras. Aquel resplandor era el de la luna llena, de un color rojo sangre, filtrado vivamente a través de aquella grieta que apenas se advertía y de la cual ya he dicho antes que se extendía en zigzag desde el tejado del edificio a la base. Mientras la miraba, paralizado por el asombro, la fisura se ensanchó rápidamente, llegó una ráfaga impetuosa de viento y todo el disco del satélite estalló inmediatamente ante mi vista. Mi cerebro se tambaleó cuando vi las poderosas paredes precipitarse partidas en dos. De pronto los pesados muros se desplomaron hacia delante y en medio de un estrépito infernal toda aquella masa informe, con un rumor semejante a la voz de mil cataratas, se sumergió de golpe en el profundo y cenagoso lago, cuyas negras aguas, conmovidas en su sueño secular por aquella avalancha, se cerraron triste y silenciosamente a mis pies, sobre los restos pulverizados de la *Casa Usher*.

WILLIAM WILSON*

> ¿Qué decir de ello? ¿Qué decir de la tor-
> va conciencia, espectro de mi camino?
>
> *Pharronida de* CHAMBERLAINE

PERMÍTASEME, por ahora, llamarme William Wilson. La hermosa página que ahora tengo ante mí no ha de ser manchada con mi nombre verdadero. Demasiado ha sido ya este
motivo de desprecio, de horror y de abominación para mi familia. ¿No han divulgado los indignados vientos, hasta las re-
giones más apartadas, su inigualada infamia? ¡Oh proscrito!
¡Entre todos, el más abandonado! ¿No has muerto para siempre en este mundo, para sus flores, para sus doradas ilusiones? ¿No está eternamente suspendida entre tus esperanzas y
el cielo una nube, densa, oscura y sin límites?

No desearía, aunque pudiese aquí hoy, incorporar un recuerdo de mis últimos años de inenarrable miseria y de imper-
donable crimen. Esta época, estos últimos años han traído consigo un repentino incremento de vileza, cuyo solo origen me
propongo hoy consignar. Los hombres, frecuentemente, se de-

---

* Título original: *William Wilson*. Primera publicación: *Burton's Gentleman's Magazine*, octubre 1839. Recopilado por vez primera en *Tales of the
Grotesque and Arabesque*, 1840. Reeditado (edición de referencia) en el *Broadway Journal*, 30 de agosto de 1845.

pravan conforme envejecen. Por lo que a mí respecta, en un instante toda virtud se desprendió gradualmente, como un manto. Yo pasé de maldades comparablemente pequeñas, dando un salto gigantesco, a las más enormes, propias de un Heliogábalo. ¡Qué casualidad, que un único acontecimiento trajese sobre mí esta maldad al pasar! La muerte se acerca y la sombra que la precede ha ejercido una suave influencia en mi espíritu. En mi paso por el oscuro valle, suspiro por la simpatía —casi iba a decir la piedad— de mis semejantes. Yo, de buena gana, podía haberles hecho creer que en alguna medida he sido esclavo de las circunstancias que escapan al control humano. Quisiera rogarles que buscasen en mí, según los detalles que a continuación voy a dar, algunos pequeños oasis de *fatalidad*, en medio de un desierto de errores. Yo debería haberles permitido creer —cosa que no pueden dejar de concederme— que aunque las tentaciones puedan ser tantas y tan grandes, ciertamente nadie fue tentado como yo lo *fui*, ni cayó como yo lo *hice*. ¿Y no será porque jamás hombre alguno ha sufrido como yo? Pero, en realidad, ¿no he estado viviendo un sueño? ¿Y no estoy siendo víctima del horror y el misterio de las más extrañas de todas las visiones sublunares?

Soy el descendiente de una raza cuya imaginación y temperamento excitable la distinguió en todos los tiempos. Ya en mi más temprana infancia lo dejé bien patente, el haber heredado todo el carácter de la familia. Conforme transcurrieron los años se me fue desarrollando vigorosamente, llegando a ser, por muchas razones, causa de serias inquietudes por parte de mis amigos, y de daño positivo para mí mismo. Crecí voluntarioso, adicto a los más salvajes caprichos y presa de las más incontrolables pasiones. Débiles mentales y acosados por dolencias constitucionales idénticas a las mías, mis padres poco podían hacer para refrenar las malas inclinaciones que en mí distinguían. Algunos débiles y mal dirigidos esfuerzos resultaron un completo fracaso por su parte, y desde luego un triunfo completo por la mía. De aquí en adelante mi voz fue ley en casa; a una edad en que pocos niños han dejado los andadores, yo me guiaba por mi propia voluntad y llegué a ser, salvo el nombre, dueño de mis propias acciones.

Mis primeros recuerdos de la vida escolar están asociados con una gran casa de estilo isabelino, de una brumosa aldea de Inglaterra, donde había gran número de árboles gigantescos y retorcidos y donde las casas eran excesivamente antiguas. Aquella venerable y antigua población era en verdad un lugar sosegado y de ensueño. En este momento, al recordar, siento el agradable frescor de sus avenidas profundamente sombreadas, aspiro la fragancia de miles de arbustos, y una nueva emoción, con indefinible voluptuosidad, me invade al pensar en el tañido profundo y ahuecado de la campana de la iglesia, rompiendo a cada hora, con súbito y triste resonar, la lúgubre atmósfera donde el calado campanario gótico permanecía encajado y dormido.

Detenerme en estos minuciosos recuerdos, tal vez me dé ahora mayor placer que el que pudiera derivarse de cualquier otra cosa. Andando en la miseria como ando —desgracia, ¡ay de mí!, demasiado efectiva—, se me perdonará, sin embargo, que busque alivio, ligero y breve, en la debilidad de unos cuantos indecisos detalles. Estos, completamente vulgares y risibles por sí mismos, adquieren en mi fantasía una importancia circunstancial al relacionarse con un período de tiempo y un lugar donde advertí los primeros avisos ambiguos del destino que tan por completo había de envolverme en sus fatídicas sombras. Permitidme, entonces, que recuerde.

La casa, como he dicho, era vieja e irregular. Los terrenos muy extensos y una alta y sólida valla de ladrillo, cubierta con una capa de argamasa y vidrios rotos, constituían la verja. Esta muralla, como de prisión, formaba el límite de nuestros dominios. Nuestras miradas no pasaban de allí sino tres veces a la semana —una vez cada sábado al atardecer— cuando, acompañados de dos maestros, se nos permitía dar breves paseos en grupo, a través de algunos de los campos vecinos, y dos veces durante el domingo, cuando se nos paseaba del mismo modo por la mañana y por la tarde, para asistir a la única iglesia de la aldea. De esta iglesia era pastor el director de nuestra escuela. ¡Con qué profundo sentimiento de maravilla y perplejidad acostumbraba yo observarlo desde nuestro remoto banco de la galería, subir al púlpito con su paso lento y solemne! Aquel reverendo, de expresión modesta y afable, con su sotana tan brillante y flotante, con su peluca minuciosamente empolvada, tan rígido y grande, ¿podría ser el mismo que momentos antes, con agrio semblante y modales groseros, hacía cumplir, palmeta en mano, las leyes draconianas de la escuela? ¡Oh paradoja gigante, demasiado monstruosa para poder comprenderse!

En un ángulo de la maciza pared se abría ¡una puerta más maciza aún! Estaba sólidamente cerrada, guarnecida de cerrojos y coronada por chapas de hierro dentado. ¡Qué impresión de profundo temor inspiraba! Nunca se abría, salvo para las tres periódicas entradas y salidas ya mencionadas. Entonces en cada chirrido de sus poderosas charnelas encontrábamos una plenitud de misterio —un mundo de observaciones solemnes y de meditaciones más solemnes aún.

El enorme recinto, de forma irregular, tenía muchos espaciosos y apartados lugares. De estos, tres o cuatro de los más grandes constituían el campo de juego. Este era liso y estaba cubierto de fina grava. Yo bien recuerdo que no había árboles, bancos ni nada parecido. Desde luego era la parte trasera de la casa. Delante, había un pequeño parterre, plantado con boj y otros arbustos; pero muy rara vez atravesábamos aquella sagrada división. De hecho, solo se pasaba en contadas ocasiones

—tal como un primer día de escuela o la despedida final, o tal vez cuando un pariente o amigo enviaba a buscarnos—. Entonces salíamos corriendo alegremente hacia casa, para pasar las vacaciones de verano o las de Navidad.

La casa, ¡qué curiosa y antigua me resultaba! Para mí tenía algo de palacio encantado al estar llena de un sinfín de vueltas y revueltas y de incomprensibles subdivisiones. A cualquiera le resultaba difícil, aun pensándolo con tiempo, decir a ciencia cierta sobre cuál de las dos plantas podía estar. De una habitación a otra, se debían franquear tres o cuatro escalones en uno y otro sentido que subían y bajaban. Entonces las alas laterales eran innumerables, inconcebibles y tan retorcidas, que nuestras ideas más exactas respecto al conjunto del edificio no diferían mucho de aquellas que teníamos acerca de lo infinito. Durante los cinco años de mi residencia allí, jamás fui capaz de acertar con precisión en qué lugar remoto estaba el pequeño dormitorio que se me había asignado junto con otros dieciocho o veinte escolares.

La sala de estudios era la mejor de la casa —yo no podía menos que pensar que la mayor del mundo—. Era muy larga, estrecha y lúgubremente baja, con puntiagudas ventanas góticas y techo de roble. En un apartado y terrorífico ángulo había un recinto de ocho o diez pies que representaba el *sanctum* durante los rezos de nuestro director, el reverendo doctor Bransby. Era una sólida estructura con maciza puerta, que a no ser llamados allí por su augusto ocupante, antes nos hubiéramos dejado matar que atrevernos a ascender por su escalerilla y empujar su portezuela. En otros rincones había otros dos recintos parecidos, que aunque de hecho menos respetados, suponían realidades terroríficas. Uno era la cátedra del profesor humanista; el otro, el de inglés y matemáticas. Esparcidos por la habitación, cruzando y volviendo a cruzar con irregularidad, había innumerables bancos y pupitres negros, antiguos y gastados por el tiempo, desesperadamente llenos de libros manoseados y sucios, acribillados de marcas, iniciales, nombres completos, figuras grotescas y otros trabajos del cortaplumas que les habían hecho perder su forma original. Aquello bien pudo haber sucedido durante los largos días de viaje. En un extremo de la habitación había un vasto cubo con agua y un estupendo reloj de parecidas dimensiones.

Rodeado por las pesadas paredes de esta venerable academia pasé, y no con aburrimiento o tedio, los años del tercer lustro de mi vida. La mente fecunda de la niñez no necesita de incidentes del mundo exterior para entretenerse o divertirse, y la aparentemente pesada monotonía de un colegio estuvo más repleta de intensas excitaciones para mí que las derivadas del lujo en mi juventud o del crimen en mi edad madura. Con todo, debo creer que mi primer desarrollo mental tuvo mucho de extraordinario, por no decir de *extravagante*. Para los hombres en general, los acontecimientos de los primeros años de su existencia raramente dejan en su edad madura alguna impresión definida. Todo es una sombra gris —un débil e irregular recuerdo—, indistinta reunión de débiles placeres y dolores fantasmagóricos; conmigo no sucedió lo mismo. En la niñez, debí haber sentido con la energía de un hombre lo que ahora encuentro grabado en mi memoria en líneas tan vívidas, tan profundas y permanentes como los *exergos* de las medallas cartaginesas.

Y con todo, en realidad —en la realidad, según el punto de vista del mundo— ¡qué poco había allí para recordar! El despertar de la mañana, las llamadas para irse a la cama por la noche; los estudios, las preguntas; las periódicas semifiestas y los paseos; el campo de juego con sus peleas, sus pasatiempos, sus intrigas...; todos estos actos e impresiones triviales y monótonas, por una magia mental largo tiempo olvidada, eran dadas a encerrar una inmensidad de sensaciones, un mundo de ricos incidentes, un universo de variada emoción, y a exaltar la más apasionada y espiritual agitación. *Oh, le bon temps, que ce siecle de fer!*

En verdad, el ardor, el entusiasmo y la arrogancia de mi disposición, pronto me valieron una marcada distinción entre mis compañeros, y por lentas, aunque naturales gradaciones, me dieron una ascendencia sobre todos los de mi misma edad —sobre todos—, con una única excepción. Esta excepción era la persona que de un escolar que, aunque sin ser pariente, llevaba el mismo nombre y apellido que yo, porque a pesar de mi noble descendencia, mi apellido era uno de esos tan corrientes que parecen haber sido por tiempo inmemorial, por derecho adquirido, propiedad corriente de la plebe. Por tanto, en esta narración me he designado a mí mismo como William Wilson —un nombre ficticio, pero no muy distinto—. Solo mi homónimo, entre los que según la fraseología del colegio constituían nuestra «pandilla», presumía de competir conmigo en los estudios de clase, en los deportes y peleas del campo de recreo, negándose abiertamente a concederme el crédito que los demás no me regateaban y a rendirme la pleitesía a que estaba acostumbrado, oponiéndose, en suma y sin rebozo alguno, a mi arbitraria dictadura respecto a cualquier cosa. Si hay sobre la tierra un supremo e incalificado despotismo, este es el de la mente dominante de un niño sobre los espíritus menos enérgicos de sus compañeros.

La rebelión de Wilson fue para mí motivo de gran perturbación, tanto más cuanto que, a pesar de las bravatas con que en público mi amor propio insistía en tratarle a él y a sus pretensiones, secretamente comprendía que lo temía y no podía desechar el pensamiento de que la igualdad que él mantenía tan fácilmente conmigo era una prueba de su auténtica superioridad, hasta el punto de que no ser vencido por él me costaba una lucha incesante. Con todo, aquella superioridad, o aun aquella igualdad, no eran conocidas por nadie aparte de mí; nuestros compañeros, por alguna ceguera inexplicable, no parecían siquiera sospecharlas, y de hecho, su rivalidad, su resistencia y especialmente su impertinente y terca intromisión en mis asuntos, no iban más allá de lo privado. Parecía estar desposeído de la ambición que me empujaba y de la apasionada energía espiritual que me capacitaba para sobresalir. Se diría que, en su rivalidad, solo le guiaba el único y extravagante deseo de oponerse, sorprenderme o mortificarme; aunque había veces que yo no podía dejar de observar, con un sentimiento compuesto de asombro, humillación y resentimiento, que él mezclaba con sus ofensas, insultos o contradicciones, ciertas poco inoportunas, y seguramente muy molestas, maneras *afectuosas*. No podía sino concebir que aquella actitud procedía de un consumado orgullo personal, que adoptaba el aire vulgar de amparo y protección.

Tal vez fue este el último rasgo en la conducta de Wilson, unido con la identidad de nuestros nombres y el simple accidente de haber entrado en la escuela el mismo día, lo que puso en circulación entre las clases superiores la idea de que éramos hermanos. Estas no solían indagar con mucho rigor en los asuntos de sus compañeros más jóvenes. He dicho antes, o debiera haberlo dicho, que Wilson no tenía, ni en el más remoto grado, parentesco alguno con mi familia. Pero, con seguridad, *si hubiéramos sido* hermanos, debíamos haber sido gemelos, porque después de dejar la casa del doctor Bransby supe por casualidad que mi homónimo había nacido el 19 de enero de 1813, y esto resulta una notable coincidencia, pues ese día es, precisamente, el día de mi propio nacimiento.

Parece extraño que, a pesar de la continua ansiedad que me ocasionaba la rivalidad de Wilson y su intolerable espíritu de contradición, yo no llegase a odiarlo del todo. Nosotros teníamos cada día una pelea, en la que cediéndome públicamente la palma de la victoria, me hacía sentir de algún modo que era él quien lo había merecido; sin embargo, un sentido de orgullo por mi parte, y una verdadera dignidad por la suya, nos mantenía siempre en lo que se llaman «buenos términos». No obstante, había muchos puntos de fuerte congenialidad en nuestro carácter que contribuían a despertar en mí el sentimiento de que tal vez la posición adoptada por los dos era lo único que impedía que se convirtiera en amistad. Es difícil, en verdad, definir o aun describir mis sentimientos reales hacia él. Estos formaban una abigarrada y heterogénea mezcla —alguna animosidad petulante que no había llegado aún al odio, algo más de respeto, mucho de temor y una inmensa y estremecida curiosidad—. Para el psicólogo sería necesario decir, además, que Wilson y yo mismo éramos los más inseparables compañeros.

Fue, sin duda, el anómalo estado de asuntos entre nosotros lo que volvió todos mis ataques contra él (y ya eran muchos, disimulados o francos) por el camino de la burla o de bromas prácticas (que producían dolor, aunque asumieran el aspecto de meras chanzas), más que por el más serio y determinado de la hostilidad. Pero mis esfuerzos sobre este punto no obtenían de ordinario un triunfo completo, a pesar de que mis planes estaban lo más ingeniosamente trazados, porque mi homónimo tenía en su carácter mucho de esa modesta y tranquila austeridad que mientras goza de sus propias bromas no tiene «talón de Aquiles» y rechaza toda posibilidad de que se rían de ella. En verdad, no podía hablar en él sino un punto vulnerable, y este motivado por una particularidad personal que provenía tal vez de alguna enfermedad constitucional y que hubiera sido respetada por un adversario que se hubiera visto menos falto de ingenio que yo; mi rival tenía una debilidad en los órganos guturales que le impedía levantar su voz todo el tiempo, *sobre un bajo cuchicheo*. Pero yo aproveché la pobre ventaja que aquel defecto dejaba en mi poder.

En cambio, los desquites de Wilson fueron muchos, y había una forma de su ingenio práctica que me molestaba más allá de toda medida. Cómo fue que su ingenio descubrió que una cosa tan pequeña pudiera molestarme tanto, es cosa que nunca pude solucionar; pero el caso es que, una vez descubierta, la puso en práctica de modo habitual. Yo siempre había sentido aversión a mi apellido, tan poco elegante, y a su muy frecuente si no plebeyo prenombre. Las palabras eran veneno en mis oídos, y cuando el día de mi llegada un segundo William Wilson llegó también al colegio, me sentí mal dispuesto hacia él por llevar mi nombre y doblemente disgustado por ser un extraño quien lo llevaba, crispándome pensar que tendría que estar escuchándolo por partida doble; que aquel extraño se hallaría constantemente en mi presencia y sus asuntos, dentro de la ordinaria rutina del colegio, inevitablemente debido a esta coincidencia detestable, serían frecuentemente confundidos con los míos.

La sensación de vejación así engendrada fue aumentando cada vez más, tendiendo a mostrar semejanzas morales o físicas existentes entre mi rival y yo. Yo no había descubierto entonces el notable hecho de que fuéramos de la misma edad, pero vi que éramos de la misma estatura y percibí que éramos singularmente parecidos en un contorno general de la persona y en los rasgos de la cara. Mucho me amargaba, por el rumor en lo tocante al parentesco, que había tomado cuerpo en las clases superiores. En una palabra, nada podía molestarme más seriamente (aunque yo escrupulosamente disimulaba tal turbación) como cualquier alusión a una similaridad de carácter, persona o condición, existente entre nosotros. Pero, en verdad, no tenía razón para creer que (con la excepción del asunto del parentesco y en el caso del mismo Wilson) este parecido hubiera sido objeto de comentario, ni siquiera de observación por parte de nuestros compañeros. Que *él* lo observaba en todas sus fases y con todo cuidado como yo, era algo evidente; pero el descubrir en circunstancias tan fructíferas un campo de fastidio no podía ser atribuido, como dije antes, sino a su extraordinaria sagacidad.

Su carácter era una perfecta imitación del mío, y él interpretaba su papel casi admirablemente. Mis trajes eran cosa fácil de imitar; mi paso y mi aspecto, en general, eran apropiados fácilmente, y a pesar de su defecto físico, ni siquiera mi voz escapó a su imitación. Desde luego, no la emitía en mis tonos más altos, pero el timbre era idéntico, *y su silbido singular llegó a adquirir el mismo acento de la mía.*

No me aventuraré a describir ahora (porque esto no puede ser llamado con justicia caricatura) cuán grandemente me hostigó aquel exquisito retrato. Pero tuve un consuelo en el hecho de que la imitación, aparentemente, solo era notada por mí mismo y yo solo tenía que soportar las conocidas y extrañamente sarcásticas sonrisas de mi homónimo. Satisfecho de haber producido en mi pecho el efecto intentado, parecía reír en secreto por el aguijón que había infligido, y se mostraba característicamente desdeñoso al aplauso público que el éxito de sus acometidas ingeniosas le hubieran ganado tan fácilmente. El hecho de que el colegio no comprendiera su plan, percibiera su ejecución, ni participara en sus expresiones de burla y desprecio, fue durante muchos ansiosos meses un enigma que no podía resolver. Tal vez la *gradación* de su copia no la hacía fácilmente perceptible; o muy posiblemente debía yo mi seguridad al aire magistral del copista, quien desdeñando la letra (que es solo lo que los obtusos pueden captar de un cuadro) daba a su representación todo el espíritu del original, para contemplación y desazón míos.

He hablado más de una vez sobre el molesto aire de protector que asumía hacia mí y de su frecuente oficioso carácter de consejo; consejo no dado abiertamente, sino con indirectas o insinuaciones. Yo lo recibía con una repugnancia que ganaba fuerzas conforme iba creciendo en edad. Aun desde este día lejano, permítaseme hacerle la justicia de reconocer que no puedo recordar la menor ocasión en que las sugestiones de mi rival estuvieran en esa línea de errores o tonterías tan frecuentes en su temprana edad y probable inexperiencia; que su sentido moral al menos, si no sus talentos generales y sabiduría mundana, eran más agudos que los míos; y que yo podía haber sido hoy un hombre mejor y más feliz si con menor frecuencia hubiera rechazado los consejos envueltos en aquellos significativos murmullos que entonces yo con demasiada vehemencia odiaba y tan amargamente despreciaba.

Pero lo cierto es que llegué a ser reacio a su desagradable intervención y diariamente me resentía más y más abiertamente de lo que yo consideraba su intolerable arrogancia. He dicho que en los primeros años de nuestro contacto como compañeros de escuela, mis sentimientos hacia él hubieran podido convertirse en amistad, pero en los últimos meses de mi residencia en el colegio, aunque la intrusión de su conducta habitual sin duda alguna había disminuido hasta cierto punto, casi en la misma proporción mis sentimientos tenían mucho de odio verdadero. En una ocasión él, pienso yo, lo comprendió y después me rehuyó, o al menos aparentó hacerlo.

Fue por este mismo tiempo, si no recuerdo mal, cuando en una violenta riña con él, en la cual perdió los estribos más que de costumbre y habló y actuó con una franqueza de carácter más bien extraña en su naturaleza, descubrí, o creí descubrir, en su acento, aire y apariencia generales, un algo que primero me sorprendió y luego me interesó profundamente, por traer a mi mente oscuras visiones de mi infancia más temprana, impetuosas, confusas y un tropel de memorias de un tiempo en el que en realidad mi memoria no había nacido aún. No puedo describir mejor la sensación que me oprimía sino diciendo que me era difícil apartar la creencia de haber hecho amistad con el ser que estaba ante mí, en alguna época muy remota, en cierto tiempo del pasado que se perdía en la lejanía del tiempo. Aquella ilusión se desvaneció, sin embargo, tan rápidamente como se había creado, y solo hago mención de ello para señalar el día de la conversación postrera que sostuve con mi extraño tocayo.

La enorme y vieja casa, con sus incontables subdivisiones, tenía varias habitaciones que se comunicaban entre sí, donde dormían la mayoría de los estudiantes. Había, sin embargo (como tiene que ocurrir por fuerza en un edificio tan mal planeado), muchos rinconcitos o huecos, trozos sobrantes de la estructura y espacios que la económica inventiva del doctor Bransby había acomodado para dormitorios, aunque sus reducidas dimensiones solo permitían colocar una cama. Una de aquellas pequeñas habitaciones estaba ocupada por Wilson.

Una noche, al final de mi quinto año de estudios en el colegio e inmediatamente después del altercado al que acabo de referirme, hallándose todos sumidos en el sueño, me levanté de mi cama y, auxiliado con una lámpara, me escabullí a hurtadillas por innumerables pasadizos desde mi dormitorio al de mi rival. Había estado fraguando largo tiempo una de aquellas malintencionadas acciones de ingenio práctico a sus expensas y en las que hasta entonces había fracasado de modo absoluto. Ahora intentaba poner en práctica mi plan, y resolví hacerlo sentir todo el alcance de la malicia con que estaba imbuido. Habiendo llegado a su pequeña alcoba, entré sin hacer ruido, dejando la lámpara fuera con la pantalla puesta. Avancé un paso y escuché el sonido de su tranquila respiración. Convencido de que dormía, me volví, cogí la luz y, con ella de nuevo, me acerqué a la cama. Esta se hallaba rodeada de unas cortinas, que, siguiendo mi plan, descorrí lenta y tranquilamente, al tiempo que los brillantes rayos cayeron vivamente sobre el dormido y mis ojos se posaban sobre él. Miré, y un estremecimiento sobrecogedor pareció helarme la sangre en las venas. Me quedé sin aliento, se me doblaron las rodillas, todo mi espíritu quedó poseído de un horror sin objeto, pero del todo intolerable. Tomé aliento y bajé la lámpara, acercándola más a su cara. ¿Eran *aquellas* las facciones de William Wilson? De hecho vi que eran las suyas, pero me agité como por un escalofrío de fiebre al pensar que no lo fuesen. ¿Qué *había* en ellas para confundirme de aquel modo? Miré con una fijeza que parecía hacerme saltar los ojos de sus órbitas mientras mi mente se devanaba en multitud de incoherentes pensamientos. Con seguridad *no era así —así como él* aparecía ahora— en la vivacidad de sus horas de vigilia. ¡El mismo nombre! ¡Los mismos rasgos de la persona! ¡El mismo día de llegada al colegio! ¡Y entonces, su terco y sin sentido afán de imitar mi modo de andar, de mi voz, de mis vestidos y de mis modales! ¿Era, en verdad, algo fuera de los límites de la posibilidad humana *que lo que yo ahora veía* fuese simplemente el resultado de la práctica habitual de sus burlonas intenciones? Espantado y con un temblor creciente, apagué la lámpara, salí silenciosamente de la alcoba y dejé inmediatamente las salas de aquella vieja academia para no volver a ellas nunca más.

Al cabo de algunos meses, pasados en casa sin hacer nada, ingresé en la Universidad de Eton. El breve intervalo había sido suficiente para debilitar el recuerdo de los acontecimientos ocurridos en la casa del doctor Bransby o, al menos, para producir un cambio material en la naturaleza de los sentimientos con los que yo los recordaba. La verdad —la tragedia del drama— dejó de existir. Ahora podía hallar motivo para dudar de la evidencia de mis sentidos y raras veces recordaba todo aquello sin admirarme del alcance de la credulidad humana y sin reírme del vivo poder de la imaginación que por herencia poseía. No sería probable que aquella especie de escepticismo disminuyera por el carácter de vida que llevaba en

Eton, la vorágine de irreflexivo devaneo en la que tan inmediata y atolondradamente me hundí limpió todo menos la frivolidad de mis horas pasadas, sumergiendo al mismo tiempo toda firme o seria impresión y dejando a la memoria solo las extremas veleidades de una existencia anterior.

No deseo, desde luego, describir aquí el curso de un miserable libertinaje —libertinaje que, oponiéndose a las regias, escapaba a la vigilancia de aquella institución—. Tres años de locura pasé sin beneficio, sin haber conseguido otra cosa que arraigar en mí corrompidos hábitos viciosos, mientras mi desarrollo corporal crecía en proporciones desacostumbradas. Después de una semana de inédita disipación, invité a un pequeño grupo de los estudiantes más disolutos a una secreta jarana en mis habitaciones. Nos reunimos a avanzada hora de la noche porque nuestras diversiones debían ser fielmente prolongadas hasta la mañana. El vino corría libremente, y no había que desear otras y tal vez más peligrosas seducciones, de tal manera que el alba grisácea ya había aparecido débilmente por el este cuando nuestro extravagante delirio estaba en su apogeo. Locamente enardecido por el juego y la embriaguez, me disponía a proponer un brindis extravagante y descomedido, cuando sentí bruscamente atraída mi atención por el violento aunque parcial abrirse de una puerta de la habitación y la voz presurosa del criado. Este dijo que una persona que parecía tener mucha prisa deseaba hablarme en el vestíbulo.

Salvajemente excitado por el vino, la inesperada interrupción me produjo más alegría que extrañeza. Salí inmediatamente, tambaleándome, y unos cuantos pasos me bastaron para llevarme al vestíbulo de la casa. En aquella baja y pequeña habitación no había lámpara ninguna y entonces no tenía otra luz que la débil del crepúsculo que penetraba a través de la ventana semicircular. En el momento de poner mis pies en el umbral advertí la figura de un joven más o menos de mi misma estatura y vestido con una bata de mañana de cachemir blanco cortada a la nueva moda, igual a la que yo usaba en aquel momento. Esto me permitió ver la indecisa claridad; pero las facciones de su rostro no podía distinguirlas. Al entrar yo se precipitó sobre mí y, agarrándome por el brazo con un gesto de petulante impaciencia, susurró las palabras: «Wiliam Wilson» en mi oído.

En un instante me despejé por completo.

Había en las maneras del extraño y en el trémulo movimiento de su dedo, que mantenía entre mis ojos y la luz, algo que me llenó de un asombro incalificable. Pero, sin embargo, no era esto lo que me había agitado con tanta violencia. Era aquella rotundidad de solemne admonición en su singular, bajo y silbante modo de hablar; y por encima de todo, eran el carácter, el tono; *el acento* de aquellas pocas, sencillas y familiares, todavía *silbantes* sílabas, que venían con un millar de atropellados recuerdos del pasado y que sacudieron mi alma como una descarga eléctrica. Antes de que pudiera recobrar el uso de mis sentidos, desapareció.

Aunque aquel acontecimiento no dejó de causar un vivo efecto sobre mi desordenada imaginación, no tardó en irse disipando. De hecho, durante algunas semanas me ocupé en ansiosas pesquisas, sumiéndome con frecuencia en nubes de morbosa especulación. No pretendía ocultar, a mis ojos la identidad del singular individuo que con tanta perseverancia se interfería en mis asuntos y me acosaba con su insinuante consejo. ¿Pero quién y qué era aquel maldito Wilson? ¿De dónde venía? ¿Cuáles eran sus propósitos? A ninguna de estas preguntas encontré respuesta adecuada. Solo supe que un súbito accidente ocurrido en su familia lo había obligado a dejar el colegio del doctor Bransby, la tarde que yo precisamente me había escapado. En un corto período de tiempo dejé de pensar sobre el asunto, estando absorbida toda mi atención por mi proyectada salida para Oxford. Pronto fui para allá; la desmesurada vanidad de mis padres me procuraba buen acomodo y una pensión que me permitían darme al lujo, ya tan querido por mi corazón, para competir en prodigalidad de gastos con los más altivos herederos de los más ricos condados de la Gran Bretaña.

Estimulado al vicio por tales medios, mi temperamento constitucional se expansionó con redoblado ardor y llegué a menospreciar las ordinarias normas del decoro, con la loca infatuación de mis fuerzas. Pero sería absurdo detenerse en los detalles de mis extravagancias. Sea suficiente decir que entre mis prodigalidades no conocí medida y que, dando nombre a multitud de nuevas locuras, añadí un apéndice al largo catálogo de vicios, entonces frecuentes en la más disoluta universidad de Europa.

Sin embargo, costaría trabajo creer que, aun aquí, había caído por bajo de la condición de caballero, como para buscar la amistad de los más viles jugadores de profesión, habiendo llegado a ser un adepto de su despreciable ciencia, y a practicarla habitualmente como un modo de incrementar mis ya enormes ingresos, a expensas de mis compañeros de Universidad, más flacos de espíritu, Sin embargo, así era, y la misma enormidad de aquel ultraje a los más altos y honorables sentimientos demostraba, sin lugar a dudas, la principal si no la única razón de la impunidad con que podía cometerlo. ¿Quién, de verdad, entre mis más relajados compañeros, no habría puesto en duda al más acreditado testigo antes que suponer semejante conducta en el alegre, franco y generoso William Wilson —el más noble y desprendido compañero de Oxford—, aquel cuyas locuras (decían sus parásitos) eran las propias de un joven de imaginación desenfrenada, cuyos errores no pasaban de inimitables caprichos y sus más oscuros vicios una descuidada y soberbia extravagancia?

Había pasado dos años divirtiéndome así, cuando llegó a la Universidad un joven *recientemente* ennoblecido, un *parvenu* llamado Glendinning; rico, según los informes, como Herodes Ático, y con una riqueza también fácilmente adquirida. Pronto vi que era poco inteligente y, desde luego, lo marqué como seguro objeto de mis mañas. Frecuentemente lo invitaba a jugar y, con la astucia propia de los jugadores profesionales, le permitía ganar considerables sumas para enredarlo más fácilmente en mis redes. A la larga, habiendo madurado mis planes, me reuní con él (con intención de que esta reunión pudiera ser final y definitiva) en las habitaciones de un compañero nuestro, Mr. Preston, amigo íntimo de ambos, quien, a decir verdad, no tenía la menor sospecha de mi propósito. Para que todo aquello tuviera mejor aspecto, me había preocupado de formar un grupo de unos ocho o diez y de cuidar solícitamente que el recurso de las cartas pareciera accidental y se originara a propuesta de mi presunta víctima. Para ser breve sobre este vil asunto, diré que ninguna de las más bajas finezas que se practican tan frecuentemente en parecidas circunstancias fue por mí omitida, y maravilla realmente que aún existan personas lo bastante estúpidas como para dejarse coger en las redes.

Habíamos prolongado nuestra reunión hasta hora avanzada y por fin efectué la maniobra de poder tener a Glendinning como único adversario. El juego, además, era mi favorito: el *écarté*. El resto del grupo, interesado por la importancia de nuestro juego, había abandonado sus cartas y formaba círculo alrededor de nosotros como espectadores. El intruso parvenu, que había sido inducido por mis mañas en la primera parte de la noche a beber abundantemente, ahora barajaba, repartía o jugaba con salvaje nerviosidad de modales, en la cual su embriaguez, pensaba yo, podía tener buena parte, pero no toda. En poco tiempo había llegado a deberme una gran cantidad de dinero, y cuando, habiendo tomado un largo trago de oporto, hizo precisamente lo que yo había estado anticipando fríamente, propuso doblar nuestras ya extravagantes apuestas. Con un bien fingido gesto de repugnancia y no sin esperar que mi repetida negativa le hubiera impulsado a dirigirme algunas palabras de enfado que dieran color de *pique* a mi consentimiento, acepté su proposición. Desde luego, el resultado probó lo enteramente que la presa estaba en mis manos, y en menos de una hora había cuadruplicado su deuda. Hacía rato que su rostro había perdido los vivos colores que le comunicaba el vino y ahora observaba con asombro que su palidez era verdaderamente espantosa. Digo con asombro, pues Glendinning había sido presentado a mis ansiosas pesquisas como un hombre inmensamente rico, y las sumas que llevaba perdidas, aunque grandes por sí mismas, no podían, según mis suposiciones, inquietarlo mucho, o al menos afectarle tan violentamente. La primera idea que se me ocurrió fue que experimentaba los efectos del vino que acababa de beberse, y entonces, más con objeto de salvar mi reputación a los ojos de mis compañeros que por otro motivo desinteresado, estuve a punto de insistir para que dejáramos de jugar, cuando ciertas expresiones pronunciadas por los presentes y una exclamación, más bien desesperada por parte de Glendinning, me hizo comprender que lo había arruinado, en circunstancias que hacían de él un objeto de piedad para todos, pudiendo haberlo protegido de todos los males y aun de un demonio.

Es difícil decir cuál debiera haber sido mi conducta entonces. La deplorable situación de mi víctima había difundido sobre todos un aire de triste malestar y durante unos momentos permanecieron en silencio, durante el cual, a pesar mío, se me encendieron las mejillas bajo las miradas de desprecio o reprobación que me dirigían los menos encenagados de los presentes. Aún confesaré que mi corazón se desahogó de un intolerable peso de ansiedad por breves instantes, con la repentina y precipitada interrupción que siguió. Las anchas y pesadas hojas de las puertas de la habitación se abrieron en un instante de par en par, con tan vigorosa y violenta impetuosidad, que apagaron las bujías de la sala. Sin embargo, su agonizante luz nos permitió ver que había entrado un extraño, aproximadamente de mi misma estatura y completamente envuelto en una capa. A pesar de todo, la oscuridad era total y solo pudimos sentir que estaba de pie en medio de nosotros; antes de que pudiéramos recobrarnos del profundo asombro que aquella brusquedad nos había causado, oímos la voz del intruso.

—Caballeros —dijo con un quedo, distinto y jamás inolvidable *susurro*, que me conmovió hasta la médula de los huesos—. Caballeros, no pido excusas por esta conducta, porque de esta forma no hago sino cumplir un deber. Sin duda ustedes desconocen el verdadero carácter de la persona que esta noche ha ganado al *écarté* una gran suma de dinero a lord Glendinning. Por tanto, les expondré un plan expeditivo y decisivo para obtener esta necesaria información. Gusten examinar libremente el interior del forro de su manga izquierda y algunos de los espaciosos bolsillos de su bordada bata, donde se pueden encontrar varios paquetitos.

Mientras habló se hizo tan profundo silencio que se hubiera podido oír caer un alfiler. Cuando terminó, partió inmediatamente de modo tan brusco como había entrado. ¿Podré yo describir mis sensaciones? ¿Debo decir que sentí los horrores del condenado? Lo cierto es que no tenía mucho tiempo para reflexionar. Muchas manos me sujetaron en el sitio y las luces fueron inmediatamente encendidas. Siguió un registro y en el forro de mi manga fueron halladas todas las cartas de figura esenciales en el *écarté*; en los bolsillos de mi bata, un número de barajas idénticas a las usadas en nuestra partida, con la única excepción de que las mías eran de las especies técnicamente llamadas *arrondeés*, con la sola excepción de hallarse hábilmente marcadas en la forma como los tahúres profesionales suelen hacerlo para jugar sobre seguro.

Cualquier estallido de indignación me hubiera impresionado menos que el silencioso desprecio o la sarcástica serenidad que se enseñoreó de la estancia.

—Señor Wilson —dijo nuestro anfitrión, inclinándose para levantar del suelo una lujosa capa, adornada con raras pieles—, señor Wilson, esto es de su propiedad —el tiempo era frío y al salir de mi propia casa me había echado encima de mi bata una capa, que me había quitado al llegar a la escena del juego—. Presumo que es necesario registrarla —viendo los dobleces de la prenda de vestir, con una amarga sonrisa— en busca de más pruebas de sus habilidades. De hecho, nosotros hemos tenido suficiente. Espero que adoptará las medidas necesarias para abandonar Oxford, y en todo caso que saldrá inmediatamente de mi habitación.

Humillado, abatido por la condición vil en que entonces estaba, es probable que me hubiera ofendido por aquel irritante modo de hablar, replicando con inmediata violencia personal; pero entonces toda mi atención estaba distraída por una circunstancia en extremo alarmante. La capa que yo había llevado era de una rara clase de piel; tan rara, tan costosamente extravagante, que no me aventuraría a decir su precio. Todo su corte era de mi propia invención, porque yo era arrogante en grado sumo de vanidad, en materias de esta frívola naturaleza. Por tanto, cuando el señor Preston me acercó lo que había recogido del suelo y se aproximó a las puertas plegables de la habitación, lo hizo con un aire atónito, casi rayando en el terror, porque la que llevaba plegada, sin duda inconscientemente sobre mi brazo (donde yo no había dudado en colocarla), y la que él me ofrecía, eran exactamente iguales, hasta en los más minuciosos detalles. El ser singular que tan desastrosamente me había descubierto estuvo embozado, que yo recuerde, bajo una capa, y ninguno de los miembros de nuestra reunión había llevado capa, salvo yo. Conservando la calma, tomé lo único que me había ofrecido Preston, me lo puse sobre los hombros y dejé la habitación con resuelto aire de desafío; a la mañana siguiente, antes que amaneciera, emprendí un apresurado viaje de Oxford al continente en una perfecta agonía de horror y de vergüenza.

Yo huía en vano. Mi fatídico destino me perseguía implacablemente, y probaba, en verdad, que el ejercicio de su misterioso dominio aún no había hecho más que comenzar. Apenas había puesto los pies en París cuando recibí nuevas pruebas del detestable interés que este Wilson se tomaba en mis asuntos. Los años volaban sin que yo experimentara alivio. ¡Villano! En Roma, ¡con qué intempestiva y aun espectral oficiosidad se interponía entre mi vida y mi felicidad! Luego, en Viena, en Berlín y en Moscú; en todas partes se mostraba. ¿Dónde, en fin, *no* me dio nunca ocasión para maldecirlo con toda mi alma? Al final, me hizo huir de su inescrutable tiranía, muerto de miedo, como de una epidemia; pero aun cuando hubiere llegado hasta el último confín de la Tierra, *huía en vano.*

Y una y otra vez, en secreta comunión con mi espíritu, me podía hacer estas preguntas: «¿Quién es? ¿De dónde viene? ¿Qué persigue?». Pero ninguna pregunta halló respuesta y entonces escruté con minucioso examen las formas y los métodos y los rasgos principales de su impertinente vigilancia. Pero tampoco en esto hallaba base suficiente para establecer una conjetura. Era notable el hecho de que en ninguna de las numerosas ocasiones en que últimamente hubo de cruzarse en mi camino, no lo hizo sino para frustrar aquellos planes o disturbar esas acciones, que de haberlas llevado a cabo completamente, se hubieran traducido siempre en una serie de acciones malvadas. ¡Pobre justificación aquella, en verdad, para una autoridad tan imperiosamente supuesta! ¡Pobre recompensa para los derechos naturales de la propia libertad personal, tan pertinaz, tan insultantemente negados!

También había sido forzado a advertir que mi atormentador, por un muy largo espacio de tiempo (a pesar de mantener con escrupulosa y milagrosa destreza su capricho de copiar mi modo de vestir), contribuía a la ejecución de su variada injerencia en mi voluntad de modo que en ningún momento pude ver los rasgos de su cara. Fuese Wilson o lo que fuese, este detalle por lo menos suponía por su parte el colmo de la afectación o de la locura. ¿Podía él, por un instante, haber supuesto que en mi amonestación de Eton, en la destrucción de mi honor en Oxford, en mi ambición de Roma, frustrada por él, en mi venganza de París, en mi apasionado amor de Nápoles o en lo que él falsamente llamó mi avaricia de Egipto, yo dejaría de reconocer en mi arcaico enemigo y vil genio al William Wilson de mis días de colegio, el homónimo, el compañero, el rival —el odiado y temido rival— de la casa del doctor Bransby? ¡Imposible! Pero permítaseme apresurar la última y memorable escena de este drama.

Hasta entonces yo había sucumbido sin resistencia a su imperiosa dominación. Los sentimientos de profundo temor con que yo consideraba el elevado carácter, la majestuosa sabiduría, la aparente omnipresencia y omnipotencia de Wilson, añadidos a un sentimiento de terror que ciertos rasgos de su naturaleza y presunciones me inspiraban, habían contribuido hasta ahora a imprimirme la idea de mi absoluta debilidad y desamparo y a sugerirme una implícita aunque amarga y mal dispuesta sumisión a su arbitraria voluntad. Por eso, habiéndome dado recientemente a la bebida y a su enloquecedora influencia sobre mi temperamento hereditario, me rindió cada vez más, con menos control de mí mismo. Comencé a murmurar, a vacilar, a resistir. ¿Y era solo imaginación lo que me inducía a creer que con el incremento de mi propia inseguridad experimentaría una disminución proporcional por parte de mi atormentador? Fuese como fuese, yo comenzaba a sentir la inspiración de una encendida esperanza, y finalmente nació en mis íntimos pensamientos una severa y desesperada resolución de no dejar someterme por más tiempo a ser esclavizado.

Sucedió en Roma durante el carnaval de 18..., donde yo asistía a una fiesta en el *palazzo* del napolitano duque Di Broglio. Me había dado, algo más indulgente que de costumbre, a los excesos del vino de mesa, y ahora la sofocante atmósfera de las bulliciosas salas me irritaba sobre manera. También la dificultad de abrirme paso entre los grupos de invitados contribuyó no poco a descomponerme más, porque yo iba buscando ansiosamente (no diré para qué indigno fin) a la joven, a la graciosa y bella esposa del viejo y decrépito Di Broglio. Con una confianza desprovista de escrúpulos, ella me había comunicado previamente el secreto del disfraz que se pondría, y como acababa de verla, me apresuraba a abrirme paso para reunirme con ella. En ese momento sentí la presión de una mano sobre mi hombro y aquel inolvidable, bajo y condenable *siseo* en mis oídos.

Presa de ira, me volví inmediatamente sobre quien me había interrumpido y lo agarré violentamente por el cuello. Como yo había esperado, iba vestido con un traje similar en todo al mío: llevaba una capa española de paño azul, ceñida a la cintura con un cinturón carmesí que sostenía un espadín. Un antifaz de seda negra le cubría enteramente la cara.

—¡Miserable! —dije con una voz ronca por la rabia, mientras cada sílaba que pronunciaba parecía alimentar mi furia—. ¡Bribón! ¡Impostor! ¡Maldito villano! ¡No consentiré que me persigas hasta acabar conmigo! ¡Sígueme, o te apuñalo aquí mismo! —Y me abrí camino desde la sala de baile a una reducida antecámara contigua, arrastrándolo, sin que opusiera resistencia a seguirme.

Una vez dentro, lo lancé violentamente. Él se tambaleó contra la pared, mientras yo cerraba la puerta lanzando una blasfemia y le ordenaba desenvainar la espada. Vaciló un instante; luego, dando un ligero suspiro, desenvainó sin decir palabra el acero y se puso en guardia.

La contienda fue breve en verdad. Yo estaba enfurecido por un salvaje frenesí y sentía en un solo brazo la energía y la fuerza de una multitud. En pocos segundos lo hice retroceder hasta la pared, y entonces, teniéndolo descubierto, le hundí mi espada con brutal ferocidad, una y otra vez, en su pecho.

En aquel instante alguien trató de abrir el cerrojo de la puerta. Me apresuré a evitar toda intrusión, e inmediatamente volví hacia mi moribundo rival. Mas ¿qué lenguaje humano puede describir adecuadamente la sorpresa, *aquel* horror que me poseyó ante el espectáculo que se ofreció a mi vista? El breve momento en que yo aparté los ojos había sido suficiente para producir aparentemente un cambio material en las cosas del interior o del fondo de la habitación. Un gran espejo —al menos así me pareció al principio, bajo mi confusión— estaba ahora donde antes no había habido nada: y como avanzaba hacia él, con exagerado terror, mi propio rostro, pero con el semblante pálido y sangrante, avanzaba hacia mí con paso débil y vacilante.

Creo pareció suceder, pero no era así. Se trataba de mi adversario; era Wilson quien estaba de pie delante de mí en la agonía de su disolución. Su máscara y capa se quedaron sobre el piso donde él las había arrojado. Ni una mancha en su vestido, ni una línea en todos los característicos y singulares rasgos de su rostro que no fuesen exactamente, en su más absoluta identidad, *completamente mías*.

Era Wilson; pero ya no volvería a pronunciar una sola palabra. Yo hubiera podido jurar que era yo mismo quien hablaba mientras decía:

Tú has vencido y yo muero. Pero desde este momento tú también estás muerto. Muerto para el mundo, para el cielo y para la esperanza. Dentro de mí existías, y con mi muerte, ve en esta imagen, que es la tuya, cómo te has asesinado a ti mismo.

LA CONVERSACIÓN DE EIROS
Y CHARMION*

Πυρ σοι προσοισω

Traeré el fuego para ti.

EURÍPIDES (*Andrómaca*)

EIROS.—¿Por qué me llamas Eiros?

CHARMION.—Así serás siempre llamado de hoy en adelante. Debes olvidar completamente *mi* nombre terrenal y darme el nombre de Charmion.

EIROS.—¿De veras no es esto un sueño?

CHARMION.—Los sueños ya no existen para nosotros; pero dejemos para después este misterio. Me alegro de verte con apariencia humana y racional. El velo de la sombra ya se ha retirado de tus ojos. Permanece tranquilo y no temas nada. Los años de sopor que te fueron asignados han expirado ya, y mañana yo misma te iniciaré en todos los goces y maravillas de tu nueva existencia.

---

* Título original: *The Conversation of Eiros and Charmion*. Primera publicación: *Burton's Gentleman's Magazine*, diciembre 1839. Recopilado por vez primera en *Tales of the Grotesque and Arabesque*, 1840. Incluido también en (edición de referencia): *Tales*, 1845. En 1843 se publicó con el título: *The Destruction of the World*.

EIROS.—De verdad, ya no siento sopor alguno. La inmensa debilidad y la terrible sombra me han dejado, y no oigo ese brutal, impetuoso y horrible sonido, semejante a la voz de muchas aguas. Con todo, mis sentidos están aturdidos, Charmion, por la agudeza de su percepción de lo *nuevo*.

CHARMION.—Unos cuantos días te quitarán todo eso; pero te comprendo perfectamente y sufro por ti. Se cumplen diez años terrenales desde que yo padecí lo que tu padeces, y su recuerdo persiste todavía en mí. Tú ahora has sufrido todos los dolores, sin embargo, aquello lo sufrirás en el Edén.

EIROS.—¿En el Edén?

CHARMION.—En el Edén.

EIROS.—¡Oh Dios mío! ¡Ten compasión de mí, Charmion! Estoy totalmente anonadado por la majestad de todas estas cosas, de lo desconocido que ahora conozco y del aventurado Futuro que emerge en el augusto Presente.

CHARMION.—No te angusties ahora con tales pensamientos. Mañana hablaremos de ello. Tu mente vacilante y tu agitación encontrarán alivio con el simple ejercicio de la memoria. No mires alrededor, ni hacia delante, sino hacia atrás. Estoy ardiendo en deseos de oír los detalles de ese estupendo acontecimiento que te precipitó entre nosotros. Háblame de ello. Conversemos de cosas familiares, en la vieja lengua familiar del mundo que ha perecido de manera tan espantosa.

EIROS.—Sí, espantosa, espantosa en extremo, y eso sí que no es un sueño.

CHARMION.—Los sueños ya no existen. ¿Fui muy llorada, mi amado Eiros?

EIROS.—¿Llorada, Charmion? ¡Oh, profundamente! Desde aquella hora postrera, una nube de tristeza y piadoso dolor se cernió sobre la mansión familiar.

CHARMION.—Y en aquella hora postrera... háblame de ella. Recuerda que aparte del hecho escueto de la catástrofe, yo nada sé. Cuando al salir del mundo de los vivos pasé a la Noche, desde la Tumba, por aquella época, si no recuerdo mal, el desastre que se cernió sobre ti no se preveía en absoluto. Pero, de hecho, yo poco sabía de la Filosofía especulativa de aquellos días.

EIROS.—El desastre, en particular, fue, como tú dices, completamente imprevisto; pero desgracias análogas habían sido durante largo tiempo el objeto de discusión de los astrónomos. Apenas necesito decirte, amiga, que aunque tú nos dejaste, los hombres estaban de acuerdo en interpretar aquellos pasajes de las Sagradas Escrituras que hablan de la destrucción final de todas las cosas por el fuego, como referentes únicamente al orbe de la Tierra. Pero en consideración al agente inmediato de la ruina, la especulación teórica acerca de ello, estaba desorientada desde aquella fase de la ciencia astronómica en que se empezó a considerar que los cometas eran inofensivos a pesar de su aspecto llameante. La misma densidad moderada de estos cuerpos había sido bien establecida. Se les había visto pasar entre los satélites de Júpiter sin causar ninguna alteración ni en las masas ni en las órbitas de aquellos planetas secundarios. Durante largo tiempo habíamos considerado a aquellos astros errantes como creaciones de inconcebible tenuidad, y completamente incapaces de causar daño a nuestro sólido globo, aun en caso de contacto. Pero ese contacto no era temido en grado alguno, pues los elementos de todos los cometas eran exactamente conocidos. Que pudiéramos verlos como la causa de la temida destrucción del fuego, fue considerado durante muchos años una idea inadmisible. Pero en aquellos últimos días habían tenido lugar muchas cosas maravillosas y rebosantes de fantasía entre los hombres; y aunque solo en algunos ignorantes prevalecía realmente la aprensión sobre el anuncio hecho por los astrónomos de un *nuevo* cometa, sin embargo aquel anuncio fue recibido en general con no sé qué clase de agitación y desconfianza.

Los elementos del extraño astro fueron calculados inmediatamente, y todos los observadores convinieron en que su senda por el perihelio, lo traería en muy estrecha proximidad con la Tierra. Había dos o tres astrónomos de reputación secundaria, quienes manifestaron con resolución que el contacto era inevitable. Yo no puedo expresarte muy bien el efecto de aquellas noticias entre la gente del pueblo. Durante unos cuantos días no quisieron creer en una aserción que no cabía en su inteligencia, tanto tiempo ocupada en las cosas mundanas. Pero la verdad de un hecho de vital importancia pronto abre camino en el entendimiento de los más estólidos. Finalmente, todos los hombres vieron que el conocimiento astronómico no mentía y esperaron el cometa. Su acercamiento al principio no parecía rápido, ni presentaba un aspecto poco frecuente. Era de un color rojo apagado y tenía una cola poco perceptible. Durante seis o siete días no vimos aumento material en su diámetro aparente, y, en cambio, sí una parcial alteración de color. Entre tanto, los ordinarios asuntos de los hombres eran descuidados y todos los intereses iban siendo absorbidos en una discusión creciente, iniciada por los filósofos, respecto a la naturaleza del cometa: Aun los más ignorantes empleaban su poca *capacidad* mental en tales consideraciones. Los eruditos entonces aplicaron su inteligencia —sus almas— no a pretextos como para apaciguar el miedo o para defensa de sus queridas teorías. Buscaban, anhelaban encontrar puntos de vista verdaderos. Gemían por una ciencia más perfecta. La *verdad* se alzaba con la pureza de su fuerza y sobresaliendo majestuosa..., el sabio se inclinaba y la adoraba.

El daño material que pudiera resultar para nuestro globo y nuestros habitantes, del temido contacto, era una opinión que hora a hora iba perdiendo terreno entre los sabios, y los sabios podían permitirse libremente guiar la razón y la imaginación de la muchedumbre. Estaba demostrado que la densidad del *núcleo* del cometa era muy inferior a la de nuestros gases más enrarecidos; y el inofensivo paso de una visita similar entre los satélites de Júpiter era un punto sobre el que se insistía con firmeza y que contribuía en gran manera a apaciguar el terror. Los teólogos, con vehemencia enardecida, haciendo hincapié sobre las profecías bíblicas, las exponían a la gente de un modo claro y sencillo como nunca lo habían hecho hasta entonces. Que la destrucción de la Tierra había de realizarse por medio del fuego, lo afirmaban con un espíritu que se imponía a la convicción de todo el mundo, pero que los cometas no eran de naturaleza ígnea (como todos los hombres saben ahora), era una verdad que los libraba en gran medida de la aprensión hacia el gran desastre profetizado. Es perceptible que los prejuicios populares y errores groseros en consideración a las pestilencias y a las guerras —errores que acostumbraban prevalecer en cada aparición de un cometa— eran completamente desconocidos. Como por un repentino esfuerzo convulsivo, la razón había arrojado finalmente a la superstición de su trono. El intelecto más débil había cobrado vigor por el exceso de interés.

Que se pudieran ocasionar algunos daños menores por el contacto, era motivo de elaborada discusión. El erudito hablaba de ligeros trastornos geológicos, de probables alteraciones climatológicas y, por lo mismo en la vegetación, de posibles influencias magnéticas y eléctricas. Muchos mantenían que de ningún modo se producirían efectos visibles o perceptibles. Mientras continuaban tales discusiones, su objeto gradualmente se iba acercando, creciendo más y más en su diámetro aparente y adquiriendo un brillo cada vez más intenso. La humanidad palidecía conforme llegaba. Todas las actividades humanas fueron suspendidas.

Hubo un momento en el curso del sentimiento general, cuando el cometa había alcanzado al fin un tamaño que excedía al de cualquier otro visto con anterioridad, en que la gente entonces abandonó ya cualquier esperanza sobre si los astrónomos estaban confundidos, experimentando toda la certeza de la desgracia. El quimérico aspecto de su terror había desaparecido. Los corazones de los más animosos de nuestra raza, golpeaban con violencia bajo sus pechos. Unos cuantos días bastaron, sin embargo, para convertir aquellas sensaciones en sentimientos todavía más insufribles. No podíamos aplicar por más tiempo a aquel extraño astro ninguno de los pensamientos *acostumbrados*. Sus atributos *históricos* habían desaparecido. Nos oprimía con la novedad horrible de su emoción. Lo veíamos no como un fenómeno astronómico en los cielos, sino como un íncubo sobre nuestros corazones y una sombra por encima de nuestras mentes. Había adquirido con inconcebible rapidez, el carácter de un manto gigantesco de tenue llama que se extiende de horizonte a horizonte.

Un día más, y los hombres respiraban con mayor libertad. Era evidente que estábamos ya bajo la influencia del cometa, y con todo, vivíamos. Aún sentíamos una singular elasticidad en el cuerpo y una vivacidad en el espíritu. La extremada tenuidad del objeto de nuestro temor era aparente, pues todos los objetos celestes resultaban perfectamente visibles a través de él. Entre tanto, nuestra vegetación se había alterado visiblemente, y basándonos en esta circunstancia, ya predicada, nos hacía ganar fe en los puntos de vista de los sabios. Una inmensa exuberancia de follaje, completamente desconocida, irrumpía en toda cosa vegetal.

Y otro día más —y aún el mal no estaba del todo sobre nosotros—. Era evidente entonces que su núcleo nos alcanzaría. Un inmenso cambio se había cernido sobre todos los hombres y el primer sentimiento de *dolor* fue la salvaje señal para el horror y la lamentación generales. Este primer sentimiento de dolor radicó en una constricción rigurosa del pecho y los pulmones y una insufrible sequedad de la piel. No se podía negar que nuestra atmósfera estaba radicalmente afectada; la composición de esta atmósfera y las posibles modificaciones a las cuales podía estar sujeta, eran entonces los tópicos de la discusión. El resultado de la investigación envió una sacudida eléctrica de intensísimo terror por todo el universal corazón del hombre.

Se sabía desde hace mucho tiempo que el aire que nos rodeaba era un compuesto de oxígeno y nitrógeno, en la proporción de veintiuna medidas de oxígeno y setenta medidas de nitrógeno, por cada cien partes de atmósfera. El oxígeno, principio de la combustión, y el vehículo del calor, era absolutamente necesario para mantener la vida animal y constituía el más poderoso y enérgico agente de la naturaleza. El nitrógeno, por el contrario, era incapaz de mantener ni la vida animal, ni la llama. Un exceso insólito de oxígeno, originaría, según se acaba de averiguar precisamente, una elevación de los espíritus animales, tal y como lo habíamos experimentado últimamente. Fue el propósito, la extensión de la idea, lo que engendró el temor. ¿Cuáles podrían ser las consecuencias de *una total extracción del nitrógeno?* Una combustión irresistible que lo devoraría todo, lo invadiría todo inmediatamente; el pleno cumplimiento, con todos sus minuciosos y terribles detalles, de las ardientes y horrorosas amenazas de las profecías del Libro Sagrado.

¿Para qué describirte el frenesí que entonces se desencadenó en la humanidad? Aquella tenuidad del cometa que en un tiempo nos inspiró confianza era entonces la fuente de la más amarga desesperación. En su impalpable carácter gaseoso vimos claramente la consumación del Destino. Entre tanto, pasó un día más, llevándose con la última sombra la esperanza. Nos asfixiábamos con la rápida modificación del aire. La roja sangre brotaba tumultuosamente en sus estrechos canales. Un delirio de furia se posesionó de todos los hombres, que con los brazos rápidamente tendidos hacia los amenazadores cielos, temblaban y daban grandes alaridos. Pero el núcleo de la destrucción estaba ya sobre nosotros; incluso aquí, en el Edén, estoy temblando mientras hablo. Permíteme ser breve —tan breve como la ruina que nos aniquiló—. Por unos momentos hubo una luz cárdena que invadía y penetraba todas las cosas. Luego —¡Inclinémonos, Charmion, ante la excelsa majestad de Dios!— se escuchó un sonido estruendoso y penetrante, como si saliese de la propia boca de él, mientras toda la masa de éter en que existíamos estalló de pronto, convirtiéndose en una especie de llama intensa, para cuyo sorprendente brillo y ardiente calor, incluso para los ángeles que están en el sumo cielo del conocimiento puro, no tiene nombre. Así terminó todo.

POR QUÉ LLEVA EL FRANCESITO
LA MANO EN CABESTRILLO*

Os puedo asegurar que aparece de esta forma en mis tarjetas de visita (se trata de tarjetas de cartulina satinada y papel de color rosa); así, cualquier *gentleman* que las vea puede leer estas interesantes palabras: «Sir Pathrick O'Grandison, Baronet, 39, Southampton Row, distrito de Russell Square, Parrish o' Bloomsbury». Y si os interesa conocer quien es el caballero de la más refinada educación y el principal de los más principales habitantes de toda la ciudad de Londres, ese soy yo. Y pienso que todo esto no es nada admirable (por lo tanto os ruego que no me miréis así), porque durante cada uno de los seis años en que he sido un *gentleman*, y he dejado de andar por el pantano para llevar el título de baronet, yo, Pathrick, he llevado la vida de un santo emperador, recibiendo educación y gracia. ¡Ah, sería interesante que echarais tan solo un vistazo sobre sir Pathrick O'Grandison, baronet, cuando está ataviado de jinete o preparado para subir a su carro e ir a dar una vuelta por Hyde Park. Pero mi figura tiene tanta esbeltez y elegancia que todas las damas se prendan de mí. ¿No mide mi

---

* Título original: *Why the Little Frenchman Wears His Hand in a Sling.* Primera publicación: *Tales of the Grotesque and Arabesque*, 1840. Publicado con el seudónimo de Littleton Barry. Reeditado (edición de referencia) en el *Broadway Journal*, 6 de septiembre de 1845.

exquisita persona seis pies y tres pulgadas de estatura en calcetines, y, aparte de ello, no son inmejorables mis proporciones? ¿Y esto no es aún más digno de señalar cuando solo posee tres pies y pico el francesito que vive enfrente, y se pasa todo el santo día mirando encandilado (maldita sea su estampa) a la hermosa viuda mistress Tracle, vecina (¡Dios la bendiga!) y especialmente amiga y conocida mía? Ustedes se darán cuenta de que ese individuo se halla muy deprimido, y de que lleva la mano izquierda en cabestrillo; por ello, en atención a ustedes, daré una explicación.

Lo cierto es que todo esto es bastante simple: porque el mismo día que vine de Connaught y me mostré en la calle a la viuda, ya estaba perdido el corazón de la hermosísima mistress Tracle. Me di cuenta inmediatamente de ello, y no me equivoqué, y Dios sabe que no miento. Primero abrió ella un poco la ventana y sus ojos desmesuradamente, y más tarde se sirvió de un catalejo dorado, y ¡que el demonio me lleve! si no me dijo tan claramente como pueden hablar unos ojos a través de un catalejo: «¡Oh, muy buenos días, sir Pathrick O'Grandison, baronet maravilloso: usted es la flor y nata de las *gentleman* y esté seguro, querido, de que me tendrá a su servicio a cualquier hora del día: no tiene más que pedirlo». Y como no soy débil en cortesía, inmediatamente le hice una reverencia capaz de romper completamente un corazón, me quité el sombrero con un gesto elegante y le guiñé con ambos ojos, como diciendo: «Usted tiene razón, la más dulce de las criaturas, Mrs. Tracle, querida mía, y ¡que perezca en un pantano!, si no soy yo, sir Pathrick O'Grandison, baronet, quien ha de producir inmensas cantidades de amor por su señoría en un abrir y cerrar de ojos».

Y a la mañana siguiente, me planteé la cuestión de si sería correcto enviar una carta amorosa a la viuda, cuando un criado me entregó una elegante tarjeta y pronunció el nombre que en ella figuraba (porque yo nunca he podido leer la letra de imprenta en cursiva por ser zurdo): «Monsieur el conde no sé cuántos y no sé qué más, profesor de baile», y un apellido enormemente largo que pertenecía al miserable viejo francesito que vivía enfrente.

Justamente en ese momento el pequeño bellaco aparecía en persona haciéndome una inclinación muy elegante: y luego dijo que había tenido el honor de hacerme aquella visita, y habló con tanta rapidez que no pude entender ni jota de lo que decía, excepto que repetía con frecuencia *pouvez vous, voulez vous,* y que me contaba, entre otras mentiras, que estaba loco de amor por mi viuda señora Tracle y que ella sentía una *inclinación* por *él.*

Podéis imaginaros toda mi furia al oír semejante noticia; sin embargo, recordé que yo era sir Pathrick O'Grandison, y que no era señal de mucha cortesía el permitir que la ira suplantara la educación, Así, me referí, sin darle mucha importancia a la cuestión, y guardé silencio sobre mis sentimientos, y me hice muy amigo de aquel hombrecillo; y pasado algún tiempo, sin embargo, tuvo la ocurrencia de pedirme que fuera con él a casa de la viuda para introducirme.

«¿Lo estás viendo? —me dije—; tú, Patrick, eres verdaderamente el más afortunado de los mortales con vida. Vamos a descubrir al momento si es tu dulce persona o la del pequeño profesor de baile la que hace agitarse el corazón de la señora Tracle.

Fuimos a casa de la viuda y vecina; puede decirse que era un elegante palacio; efectivamente, lo era. Había una alfombra que cubría todo el suelo, y en una esquina se veía un piano y un diván, y el diablo sabe cuántas cosas más; en otra esquina, un sofá, lo más precioso que en el mundo se ha visto, y sentada en el sofá, indudablemente, el dulce angelito, señora Tracle.

—Muy buenos días —dije—, señora Tracle. Y a continuación hice una reverencia tan elegante que hubiera causado vuestra admiración.

—*Woully woo, parley woo*, me hundo en el barro —dijo el francesito—; y ¿no está segura señora Tracle —siguió diciendo— que este *gentleman* es su excelencia sir Pathrick O'Grandison, baronet, y que también es mi mejor amigo y conocido entre todo el mundo?

Y entonces la viuda se levantó del sofá e hizo la más dulce inclinación que jamás se ha visto, y después se sentó como lo haría un ángel; y luego, ¡diablos!, ocurrió que aquel individuo, aquel *Monsieur*, profesor de baile, se sentó a su lado derecho, ¡Ay! Pensé que se me iban a salir los ojos en el instante, ¡me sentí desesperado! Sin embargo:

—Espere —dije yo, después de un momento—; ¿conque así andamos, *monsieur* profesor de baile?

Y así me senté al lado izquierdo de la viuda, para hacer la competencia a aquel bellaco. ¡Diablos!, se hubiera inflamado vuestro corazón al ver el exquisito guiño que le hice con ambos ojos.

Pero el francesito no sospechó nada y se dispuso a enamorar a la dama de un modo ardoroso.

—*Woully wou* —dijo—, me hundo en el barro; *parley wou* —repitió.

«Eso no está bien, *monsieur* Rana, no está bien» —dije para mis adentros; y hablé rápidamente, durante un gran rato, y estoy seguro de que fui yo con quien se divirtió completamente la dama gracias a mi elegante conversación sobre los queridos pantanos de Connaught, y así me animé con una dulce sonrisa que me dedicó, tan grande como su boca, y cogí la punta de su dedo meñique de la manera más delicada del mundo mirándola con los ojos en blanco.

Y entonces me di cuenta de lo inteligente que era aquel pequeño ángel; en cuanto se dio cuenta de que yo quería coger su mano, la puso inmediatamente detrás de su espalda, como diciendo: «Mire sir Pathrick O'Grandison; usted, que es muy atractivo, tiene mejores oportunidades que nadie, aunque no sea muy correcto coger mi mano a la vista de este francesito, de este *monsieur*, profesor de baile».

Le contesté con un guiño como diciendo: «No haga caso de tales exquisiteces en presencia de sir Pathrick»; y puse manos a la obra. Ustedes se habrían divertido mucho de ver la destreza con que metí el brazo entre el respaldo del sofá y la espalda de la viuda, y allí encontré una mano pequeña y suave que me esperaba diciendo: «Buenos días, sir Patrick O'Grandison, baronet». ¿No es cierto que le di el apretón más suave del mundo al empezar y que no usé de la violencia con la dama? Y ¿no me respondió con el más cortés y delicado y suave apretón de mano? «¡Por todos los dioses! —pensé—, eres el hijo de madre, sir Pathrick, el hombre más guapo y afortunado que haya nacido en Connaught.»

Y al deleitarme en este pensamiento, di un ardoroso apretón a la mano de la dama, y, ¡cielos!, me respondió con otro semejante. Pero ustedes se habrían muerto de risa si hubieran visto en aquel mismo momento la actitud altanera de *monsieur* el profesor de baile. La entonación de su voz, su sonrisa y sus palabras nunca han tenido iguales sobre la tierra; ¡que el infierno me trague si no vi con mis propios ojos que le hacía un guiño! Si no me enfurecí tanto como un gato de Kilkenny es que nadie se ha enfurecido todavía.

—Permita que le diga, *monsieur* profesor de baile —dije con la mayor cortesía que ustedes hayan visto en la vida—, que no es nada correcto ni le corresponde a usted guiñar de modo semejante a la señora. Y diciendo esto apreté de nuevo la mano, como diciendo: «¿No es verdad, joya mía, que es Pathrick quien puede protegerte tanto?». Y sentí la respuesta con otro apretón: «Ciertamente, sir Pathrick —decía aquella suave presión con tanta claridad como puede haber en cualquier apretón de manos—; ciertamente, sir Pathrick, y eres un auténtico *gentleman*, tan cierto como que hay Dios». Y entonces ella abrió tanto sus bellos ojos que temí que se le salieran de las órbitas y luego miró a *monsieur* Rana, como se puede mirar a un gato, y a continuación me dedicó la más agradable de las sonrisas.

—¡Cómo, cómo! —dijo el bellaco—. ¡Cómo!, *woully wou, parley wou?*

Y después alzó los hombros hasta esconder la cabeza, tensó las comisuras de la boca, y aquel miserable no dio más respuesta a mis palabras.

Podéis creerme, fue sir Pathrick quien se quedó perplejo y enloquecido, y el francesito seguía dedicando guiños a la viuda. Y la viuda siguió apretándome la mano, como si dijera; «¡Dale fuerte, sir Pathrick O'Grandison, querido!» Animado con lo cual, solté un juramento y dije:

—¡Cretino, bichejo inmundo, sabandija!

¿Suponen qué hizo entonces la dama? Se levantó del sofá como si la hubiera picado un bicho y se largó por la puerta, mientras yo, atónito, la seguía con los ojos. Ustedes comprenderán que yo tenía mis motivos para creer que no podría bajar las escaleras, porque sabía perfectamente que la tenía cogida por la mano, que no había soltado en ningún momento. Y así dije:

—¿No acabas de cometer un pequeño error, hermosa señora? Vuelve, querida y te devolveré tu mano.

Pero ella descendió las escaleras sin detenerse, y entonces me volví hacia el francesito. ¡Maldición! Si no era su mano lo que yo tenía en la mía..., ¿qué era entonces?

Y aún no me puedo explicar cómo no reventé de risa cuando aquel individuo descubrió que no era la mano de la dama la que él había tenido cogida todo el tiempo, sino la de sir Pathrick O'Grandison. Ni el propio Satanás ha visto nunca una cara tan rara como la que él puso. En cuanto a sir Pathrick, baronet, hay que saber que los que gozan del carácter de su excelencia no se turban mucho por equivocaciones tan pequeñas. Sepan ustedes, sin embargo, que (tan cierto como que hay Dios) antes de soltar la mano de aquel pobre hombre (lo cual no lo hice hasta que llegó el criado de la viuda a echarnos a puntapiés escaleras abajo) le di un apretón de manos tan delicado que se la dejé convertida en mermelada de frambuesas.

—*Wolly wou* —dijo—. *Parley wou?* —añadió—. ¡Maldición!

Y esta es la verdad de por qué el francesito lleva la mano en cabestrillo.

INSTINTO CONTRA RAZÓN:
UNA GATA NEGRA*

L A línea que separa el instinto de la creación pura y la tan traída y llevada razón humana tiene, sin duda alguna, un carácter de lo más brumoso e insatisfactorio; esa línea de demarcación aún más difícil de precisar que la del nordeste del Oregón. Puede que nunca se resuelva el interrogante sobre si los animales poseen o no razón; desde luego, no en nuestro actual estado de conocimientos. Mientras que el amor propio y la arrogancia del hombre le lleven a negar la capacidad de reflexión a las bestias, ya que admitir tal cosa parece significar la derogación de su propia y jactanciosa supremacía, se encontrará por siempre medido en la paradoja de denigrar por los instintos como facultad inferior, al tiempo que se ve obligado a admitir su infinita superioridad, en millares de casos, sobre esa misma razón que reclama en exclusiva. El instinto, lejos de ser un raciocinio inferior, puede que sea el supremo intelecto. Se muestra, a ojos del verdadero filósofo, como la obra de la propia Divinidad, actuando *de inmediato* a través de sus criaturas.

Los hábitos de la hormiga-león, así como los de muchas especies de arañas, y los del castor, muestran todos un parentesco

* Título original: *Instinct vs Reason: A Black Cat*. Primera publicación (edición de referencia): *Alexander's Weekly Messenger*, 29 de enero de 1840.

prodigioso, o al menos bastante similitud, a las normales operaciones racionales del hombre —aunque el instinto de otras muchas criaturas no presenta tal analogía— y es explicable solo mediante el espíritu de la propia Deidad, que actúa directamente sobre los impulsos del animal, a través de órganos no corporales. Respecto a sus nobles clases de instintos, el pólipo del coral ofrece un ejemplo reseñable. Esta pequeña criatura, creadora de continentes, no solo es capaz de levantar murallas contra el mar, con una precisión y propósito, y una adaptación científica y disposición, de las que muchos ingenieros habilidosos podrían sacar grandes lecciones, sino que ha sido bendecida con aquello que la humanidad no posee: el espíritu absoluto de la profecía. Pueden prever, con meses de adelanto, los simples accidentes que van a afectar a su morada y, ayudado por miles de hermanos, actuar como una sola mente (lo cierto es que *de hecho* obran con una sola; la mente del Creador) y trabajar con diligencia para contrarrestar influencias que solo existen en el futuro. Hay también consideraciones sumamente prodigiosas, en lo que a las celdillas de las abejas respecta. Recurramos a un matemático para resolver el problema de las formas, magistralmente calculadas, de las celdillas que usan las abejas, para obtener así la relación entre fuerza y espacio, y se encontrará enfrascado en las cuestiones más difíciles y peliagudas de la investigación analítica. Pidámosle que calcule el número de lados que debiera tener la celdilla para conseguir el máximo espacio, con la mayor solidez, y que defina los ángulos exactos de la cubierta, con el mismo objetivo... y tendrá que ser un Newton o un Laplace para resolver la pregunta. Desde que las abejas son tales, han venido resolviendo de continuo el problema. La gran distinción entre instinto y razón parece ser que, mientras que una es infinitamente más exacta, cierta y penetrante en su esfera de acción, en lo que toca a la otra, su esfera de acción es más amplia. Pero pareciera que estamos dando un sermón cuando nuestra intención era, simplemente, contar una historia breve acerca de un gato.

El que escribe estas líneas es propietario de una de las gatas negras más notables del mundo entero, y eso ya es decir mucho, ya que hay que recordar que todas las gatas negras poseen poderes mágicos. Lo primero de todo es que no tiene un solo pelo blanco, y que su comportamiento es recatado y casto. Esa parte de la cocina que la gata frecuenta con más asiduidad es solo accesible mediante una puerta que se cierra con pestillo; esos pestillos son bastante toscos y se necesita cierta fuerza y habilidad para abrirlos. Pero el caso es que ha desarrollado el hábito de abrir la puerta, cosa que hace como voy a relatar. Primero salta desde el suelo a la guarda del pestillo (que recuerda a la de un gatillo) y engancha ahí la pata izquierda. Luego, con la zarpa derecha, aprieta el pestillo hasta que se abre, cosa que por lo normal requiere varios intentos. Tras haber abierto, empero, parece darse cuenta de que ha realizado la mitad de la tarea; ya que, si la puerta no se abre cuando se suelte, el pasador del pestillo caerá de nuevo en su hueco. Lo que hace entonces es girar el cuerpo de forma que lleva su pata trasera justo debajo del pasador, y salta con todas sus fuerzas desde la puerta, de forma que el ímpetu del brinco hace que esta se abra, al tiempo que su zarpa trasera sujeta el pasador hasta que ha conseguido impulso.

Hemos presenciado este hecho singular un centenar de veces al menos, y nunca sin dejar de sentirnos impresionados por la verdad de la afirmación con la que hemos comenzado este artículo: que la frontera entre el instinto y la razón es de una naturaleza sumamente brumosa. La gata negra, para hacer eso, debe haber usado todas esas facultades perceptivas y reflexivas que nosotros tenemos por costumbre suponer que son las cualidades más destacadas de la razón pura.

EL HOMBRE DE NEGOCIOS*

El método es el alma de los negocios

(Viejo proverbio)

Yo soy un hombre de negocios. Soy un hombre metódico. El método es la cosa, después de todo. Sin embargo, no hay personas más odiadas por mí que esos excéntricos idiotas que hablan sobre el método sin entenderlo; atienden únicamente a su letra y violan su espíritu. Esos sujetos hacen casi todo del modo más extraordinario, de acuerdo con lo que llaman manera ordenada. Pienso que aquí hay una verdadera paradoja. El auténtico método pertenece exclusivamente a lo ordinario y a lo evidente, y no se puede aplicar a lo *outré*. ¿Qué idea definida puede dar una persona a palabras como «sujeto metódico» o «fatuo sistemático»?

Mis ideas sobre esto no serían tan claras si no hubiera tenido un afortunado accidente en mi niñez. Una vieja y bondadosa niñera irlandesa (de quien me acordaré en mi testamento) me cogió un día por los pies, cuando yo hacía más ruido del necesario, y haciéndome girar dos o tres veces «con los ojos

---

* Título original: *The Business Man*. Primera publicación: *Burton's Gentleman's Magazine*, febrero 1840 (publicado con el título inicial: *Peter Pendulun, The Business Man*). Reeditado (edición de referencia) en el *Broadway Journal*, 2 de agosto de 1845.

tapados para que no encontrase apoyo», consiguió que se estrellara mi cabeza contra un hierro de la cama. Esto, repito, decidió mi suerte y constituyó mi fortuna. Al momento un chichón se levantó en mi coronilla y se convirtió en un magnífico órgano de *orden* como se comprobaría un día de verano. Así pudo nacer en mí este apetito positivo del sistema y la regularidad, que han hecho de mí el distinguido hombre de negocios que soy.

Si algo existe en la tierra que yo odie, es un genio. Sus genialidades son palpables burradas —cuanto mayor es el genio, mayor es el asno—; y en esta regla no hay excepción alguna. Ustedes nunca podrán sacar un genio de un hombre de negocios, lo mismo que no se puede sacar dinero de un judío, ni las mejores nueces moscadas se pueden obtener de una piña. Esos individuos siempre se salen por la tangente de algún fantástico negocio, o una especulación ridícula, en total desacuerdo con la «aptitud de las cosas» y sin poseer un negocio que pueda ser tenido por tal. Pueden ustedes así conocer esos caracteres inmediatamente por la naturaleza de sus ocupaciones. Si se encuentran ustedes alguna vez con un comerciante o un fabricante, o con un hombre dedicado al comercio del algodón o el tabaco, o a cualquiera de esas excéntricas ocupaciones, o como vendedor de comestibles o representante de jabones, o algo por el estilo, o pretendiendo ser un jurisconsulto, o herrero o médico —cualquiera cosa fuera de lo corriente—, ustedes deben considerarlo enseguida como a un genio, y entonces, según la regla de tres, es un asno.

Yo no soy, bajo ningún aspecto, un genio, soy un hombre normal de negocios. Mi libro diario y el mayor lo evidenciarán en un minuto. Están bien llevados, aunque tenga que decirlo yo mismo; y en mis hábitos generales de exactitud y puntualidad soy como un reloj. Aparte de eso, mis ocupaciones siempre han sido llevadas de acuerdo con las costumbres habituales de mis prójimos. No es que me sienta agradecido, en absoluto, sobre este punto, a mis padres, demasiado pobres de espíritu, quienes, sin duda alguna, habrían hecho de mí un genio a no ser que mi ángel de la guarda se hubiera apresurado a ayudarme. En una biografía, la verdad lo supone todo, y otro tanto ocurre en una autobiografía; sin embargo, difícilmente espero que se me crea cuando afirmo con toda solemnidad que mi pobre padre me colocó, cuando yo tenía unos quince años, en la oficina de lo que él llamaba «un respetable quincallero y un mercader comisionista que hacía capital con un pequeño negocio». ¡Un capital de ganancia segura! Sin embargo, la consecuencia de aquella majadería fue que al poco tiempo tuvieron que enviarme a casa, al seno de mi familia, en un estado muy grave de fiebre y con un dolor espantoso en el chichón, mi órgano de orden. Casi estuve desahuciado durante unas seis semanas; los físicos me dieron por muerto y todas esas cosas. Pero a pesar de mis grandes sufrimientos, en general me porté como un muchacho agradecido. Me libré de ser un «respetable quincallero y comerciante comisionista, haciendo un capital con un pequeño negocio», y me sentí agradecido a la protuberancia que había sido mi tabla de salvación, así como a la bondadosa mujer que originariamente había puesto ese medio a mi alcance.

La mayor parte de los muchachos abandonan su casa a los diez u doce años, pero yo esperé hasta los dieciséis. Ignoro dónde habría ido si no hubiera oído a mi madre decir algo sobre establecerme por mi cuenta en el ramo de los comestibles. *¡El ramo de los comestibles!* ¡Solo pensar en eso...! Decidí marcharme enseguida e intentar establecerme por mi cuenta en alguna ocupación *decente*, sin tener que andar rondando por más tiempo entre esas viejas gentes excéntricas, y corriendo el riesgo de convertirme finalmente en un genio. En este proyecto tuve un éxito rotundo en el primer intento, y cuando yo rondaba los dieciocho años me encontré haciendo un extenso y útil negocio como anunciador callejero de un sastre.

Me sentí capaz de desempeñar los duros deberes de tal profesión con solo mi adhesión rígida al sistema que constituía un rasgo dominante de mi mente. Un escrupuloso *método* caracterizaba mis acciones, lo mismo que mis cuentas. En mi caso fue el método, no el dinero, el que hizo al hombre: al menos no lo hizo todo el sastre a quien yo servía. Diariamente, por las mañanas, me presentaba ante aquel individuo para los trajes del día. A las diez me encontraba en algún paseo de moda o en algún lugar público de diversión. La precisa regularidad con que hacía girar mi elegante persona, atrayendo así la atención hacia las prendas que lucía, fue la admiración de todos los hombres conocidos en el comercio. Nunca llegaba un mediodía sin que trajera a casa del sastre a algún cliente, a quien presentaba a mis jefes, los señores Cut & Comeagain. Digo esto orgullosamente, aunque con lágrimas en los ojos, porque la firma demostraba el más ingrato agradecimiento en su salario. La pequeña cuenta por la que tuvimos una disputa, y finalmente rompimos, no puede parecer muy alta a los *gentleman* entendidos en negocios de este tipo. Sin embargo, a pesar de esto, siento la orgullosa satisfacción de invitar al lector a que juzgue por sí mismo. La cuenta decía así:

Señores Cut & Comeagain.
Del comercio de sastrería.
Deben a PETER PROFFIT, *anunciador callejero*:

	Centavos
Julio, 10.—Por paseo habitual y cliente conseguido	25
Julio, 11.—Por ídem	25

Julio, 12.—Por una mentira de segundo grado; traje negro deteriorado, vendido por uno de color verde invisible 25

Julio, 13.—Por una mentira de primer grado; calidad y talla extra; recomendar satinado en lugar de paño fino 75

Julio, 20.—Por compra de pechera y cuello de papel de seda para hacer juego con el Petershams 2

Agosto, 15.—Por llevar una levita de doble hombrera almohadillada (termómetro marcaba 706 a la sombra) 50 25

Agosto, 16.—Por estar de pie sobre una sola pierna durante tres horas, para lucir un modelo nuevo de pantalones a rayas, a 12, 1/2 centavos por pierna la hora .... 37 $\frac{1}{2}$

Agosto, 17.—Por pasear habitualmente, y cliente conseguido (hombre muy grueso) 50

Agosto, 18.—Por ídem (talla media) 25

Agosto, 19.—Por ídem (talla pequeña) y hombre mal pagador 6

TOTAL .... $2,95 $\frac{1}{2}$

Lo que más se discutió en torno a esta cuenta fue el reducidísimo precio de dos centavos por la pechera. Doy mi palabra de honor de que no era este un precio demasiado abusivo. Era una de las más rígidas y bonitas que he visto; y tengo muchas razones para creer que hizo posible la venta de tres Petershams. Sin embargo, el socio más viejo de la casa solo me ofrecía un centavo por esa partida, e intentaba demostrarme de qué modo cuatro semejantes en la talla podían ser vendidas a algún tonto. No es necesario decir que yo me mantuve firme en el *principio* de la cosa. El negocio es el negocio, y yo quería seguir en el camino de los negocios. No existía ningún *sistema* en la estafa de un centavo —un evidente fraude del cincuenta por ciento—, y mucho menos un *método*. Inmediatamente dejé el empleo de la casa de los señores Cut & Comeagain e ingresé en el ramo del Mal de Ojo, una de las ocupaciones ordinarias más lucrativas, respetables e independientes.

Mi estricta integridad, economía y hábitos rigurosos de los negocios se manifestaron allí. Me encontré dirigiendo un floreciente negocio comercial y pronto destaqué en cuestiones de Cambio. Ciertamente, nunca me metí en asuntos de relumbrón, sino que avancé tranquilamente por la buena, vieja y seria costumbre de mi profesión: una profesión en la que habría seguido indudablemente hasta ahora, a no ser por un pequeño accidente que tuve en la tramitación de una de las frecuentes operaciones de la profesión. Siempre que un viejo rico y avaro, un pródigo heredero o una corporación fracasada intenta levantar un palacio, no hay mejor cosa en el mundo que detener a alguno de ellos, como sabe sin duda cualquier persona inteligente. El hecho en cuestión es efectivamente la base del comercio del Mal de Ojo. Así, tan pronto como un proyecto de edificación está preparado por una de esas partes, nosotros, los hombres de negocios, aseguramos un precioso rincón del solar o una pequeña parcela escogida precisamente al lado o enfrente. Hecho esto, esperamos hasta que el palacio está medio levantado y entonces pagamos a algún entendido arquitecto para que construya una casa cerca del palacio, o una pagoda del lejano oriente u holandesa, o una cuadra de cerdos, o un ingenioso trabajo de fantasía de los esquimales, de los kickapoos o los hotentotes. Por supuesto que no podemos adquirir tal construcción con bonos del cincuenta por ciento, según el precio de coste de nuestro solar y del yeso. *¿Podemos?* Esa es mi pregunta. Pregunto a los hombres de negocios. Sería absurdo suponer que podemos. Y, sin embargo, fue una corporación estafadora la que me pidió que hiciera tal cosa. No contesté a su absurda proposición, por supuesto, pero comprendía que tenía algo que hacer aquella noche y manché con negro de humo su palacio. Por ello los irrazonables idiotas me metieron en la cárcel y los *gentlemen* del Mal de Ojo no pudieron evitar el que dejara aquel puesto cuando salí.

El negocio de Asalto y Lucha, al que me vi obligado a aventurarme para poder vivir, era algo que no iba muy bien con la delicada naturaleza de mi constitución; pero fui a trabajar muy gustoso y volví a mis hábitos externos de exactitud metódica, los cuales siempre han sido característicos en mí, gracias a aquella deliciosa niñera —con quien sería muy desagradecido si no la recordara en mi testamento—. Para observar, como digo, el estricto sistema en todos mis tratos y llevar mis libros en toda regla hube de vencer muy serias dificultades, y al fin me establecí decentemente en la profesión. La verdad es que hay pocos individuos en cualquier ramo que puedan adaptarse tan fácilmente como yo a pequeños negocios. Transcribiré una página más o menos de mi libro diario, y con ello no me veré en la necesidad de alabarme a mí mismo, práctica despreciable de la que no puede acusarse a ningún hombre de gran inteligencia. Lo cierto es que el libro diario no miente:

«*Enero, 1.*—Día de Año Nuevo. Me encontré en la calle con Snap, borracho. Memorándum; lo hará. Poco más tarde a Gruff, completamente bebido. También él responderá. Anoté a ambos caballeros en mi libro mayor y les abrí una cuenta corriente.

»*Enero, 2.*—Vi a Snap en la Bolsa e inmediatamente corrió hacia mí. De dos puñetazos me tiró al suelo. ¡Bien! Me levanté de nuevo. Algunas pequeñas dificultades con Bag, mi abogado. Quiero mil dólares por daños, pero dice que por haberme únicamente tirado, solo es posible pedir quinientos. Memorándum; tengo que librarme de Bag. No tiene ningún *sistema*.

»*Enero, 3.*—He ido al teatro en busca de Gruff. Estaba sentado en la segunda fila de un palco, entre una señora gorda y otra delgada. Miré insistentemente hacia allí durante toda la velada con los gemelos de teatro, hasta que la señora gorda se puso colorada y cuchicheó algo a Gruff. Entonces me dirigí hacia el palco y coloqué mis narices al alcance de su mano. Podía rompérmelas; no lo hizo. Probé de nuevo, acercándome más. No las rompió. Me senté e hice señas a la señora delgada y tuve la gran satisfacción de sentirme levantado por el cogote y de salir lanzado sobre las butacas. Cuello dislocado y pierna derecha gravemente astillada. Volví a casa muy contento, bebí una botella de Champaña y escribí en el libro el nombre del joven Gruff por la suma de cinco mil dólares. Bag dice que todo saldrá bien.

»*Febrero, 15.*—Cumplido el caso de Mr. Snap. Cuenta anotada en el diario: cincuenta centavos: véase diario.

»*Febrero, 16.*—Estafado por ese rufián de Gruff, quien me hizo un regalo de cinco dólares. Coste del proceso, cuatro dólares y veinticinco centavos. Beneficio neto —véase diario— 75 centavos.»

Véase ahora la ganancia neta en un período muy breve: nada menos que un dólar y veinticinco centavos; y esto solo en los casos de Snap y Gruff; aseguro solemnemente al lector que estos extractos han sido tomados al azar de mi diario.

Dice un viejo proverbio, con mucha verdad, que el dinero no es nada comparado con la salud. Encontré las exacciones de la profesión un tanto pesadas para mi delicado estado de salud; Y cuando finalmente descubrí que mi cuerpo estaba completamente magullado, no sabia yo qué hacer sobre este asunto, pues mis amigos, cuando me encontraban por la calle, no podían afirmar si yo era Peter Proffit; se me ocurrió que la mejor solución era cambiar de campo de negocios. Por ello dirigí mi atención a la Salpicadura de Barro y continué durante algunos años en esto.

Lo más penoso de esta ocupación es que mucha gente la toma como un capricho, y, en consecuencia, los competidores son numerosos. Todo individuo ignorante, al ver que no tiene suficiente cerebro para dedicarse a la profesión de anunciante callejero, o como hombre de Asalto y Lucha o como pedante de Mal de Ojo, piensa, por supuesto, que acertará haciéndose salpicador de barro. Pero no hay una idea más errónea que la de afirmar que no se necesita cerebro para ser salpicador de barro. Especialmente nada se puede hacer en este campo sin método. Hice solo un negocio al por menor, pero mis viejos hábitos de sistema me llevaron sin ningún tropiezo al éxito. En primer lugar escogí mi cruce de calles tras una gran deliberación, y nunca usé, como lugar para el acecho, ninguna otra parte de la ciudad. Tuve cuidado también de tener un pequeño charquito a mano, al cual podía llegar en un minuto. Por todo ello llegué a ser famoso como hombre en quien se podía confiar; y esto, déjenme decirlo, constituye la mitad de la batalla en el comercio. Nadie pasó junto a mí sin echar una moneda de cobre ni con un par de pantalones limpios. Y como mis hábitos de negociante en este sentido fueron suficientemente comprendidos, nunca me encontré con una tentativa de imposición. Si hubiera ocurrido, no la habría tolerado. Nadie se me impuso nunca, y por ello nunca hube de aguantar violencias; por supuesto que no podía arreglar los fraudes de los bancos. Su suspensión de pagos me trajo ruinosas consecuencias. Sin embargo, estos no son individuos, sino corporaciones; y es bien sabido que las corporaciones no tienen ni cuerpos donde recibir patadas ni almas donde recibir maldiciones.

Me encontraba haciendo dinero en este negocio cuando, en un desgraciado momento, fui inducido a meterme en el Chucho Rociador, una profesión análoga, pero no tan respetable. Mi puesto, por supuesto, era muy importante y contaba con betunes y cepillos magníficos. Además, mi perrito era gordo y sabía husmear toda la variedad de olores. Había estado mucho tiempo en el comercio y puedo asegurar que lo conocía bien. Nuestra costumbre en general era esta: *Pompeyo*, habiéndose revolcado bien en el barro, se sentaba a la puerta de una tienda, hasta que veía a un *dandy* que se aproximaba con el calzado muy lustroso. Inmediatamente se acercaba a él y se restregaba contra el calzado. Entonces el *dandy* lanzaba muchas maldiciones y miraba a su alrededor en busca de un limpiabotas. Allí estaba yo ante sus ojos, con mi betún y cepillos. El trabajo no pasaba de un minuto y a cambio de él recibía seis centavos. La cosa marchó bastante bien durante algún tiempo; realmente yo no soy avaricioso; pero mi perro lo era. Le di la tercera parte del beneficio, pero él exigió la mitad. Como yo no podía pasar por ello, tuvimos una disputa y nos separamos.

Más tarde probé mi suerte con el organillo, durante algún tiempo, y la cosa marchó de perlas. El negocio es honrado y sencillo y no exige peculiares habilidades. Usted puede conseguir un organillo por un precio ridículo, y para controlarlo, cuando en lugar de una canción le sale una marcha militar, con que se abra la tapa y se den tres o cuatro secos martillados es suficiente. Esto mejora el tono del instrumento para los fines comerciales mucho más de lo que ustedes piensan. Hecho esto, se carga el organillo a la espalda y se echa a andar hasta encontrar una calle sin piedras y con casas que tengan aldabas forradas de ante. Entonces se para uno y toca, dando a entender que estará tocando durante toda la noche. Inmediatamente se abre una ventana, y una mano le arroja seis peniques con la súplica: «No toque más y márchese», etc. Sé de sobra que algunos organilleros obedecen esa orden por esa suma; pero, por mi parte, encuentro que el desembolso de capital invertido es demasiado grande para aceptar esa orden por menos de un chelín.

En esta ocupación obtuve grandes ganancias; pero en alguna manera no me encontraba satisfecho del todo, y finalmente la dejé. Lo cierto es que no disponía de un burro, y en las calles americanas hay demasiado barro y una gentuza democrática muy pilla, y abundan en chiquillos endiablados y traviesos.

Durante algunos meses me encontré parado; pero finalmente tuve éxito consiguiendo una situación en el falso correo. Las ocupaciones aquí son sencillas y no absolutamente improductivas: por ejemplo, cada mañana, diariamente, tenía que hacer mi paquete de cartas falsas. En cada una de ellas había escrito unas cuantas líneas, sobre cualquier tema que se me ocurriese y que fuera suficientemente misterioso, y luego las firmaba todas con Tom Dobson o Bobby Tompkins, o cualquier cosa por el estilo. Una vez metidas en sus sobres, lacradas y franqueadas con sellos usados —Nueva Orleans, Bengali, Botany, Bay o cualquier otro país muy alejado—, inmediatamente emprendía mi ruta diaria como si tuviera mucha prisa. Siempre llamaba en las casas grandes para entregar las cartas, y me pagaban por ello. Nadie se negaba a pagarme por una carta —especialmente por las muy voluminosas, ¡tan cretinas son las gentes!— y no había dificultad en alcanzar la esquina antes de que la hubieran abierto. Lo penoso de tal profesión era que tenía que andar mucho y a gran velocidad, y que variar frecuentemente el recorrido. Por otra parte, sentía serios escrúpulos de conciencia. No puedo aguantar la idea de abusar de los individuos inocentes, y la forma en que todo el mundo hablaba en la ciudad de Tom Bobson y de Bobby Tompkins era verdaderamente espantosa de oír. Me lavé las manos en el asunto, muy asqueado.

Mi octava y última especulación se ha desarrollado en el ramo de la Cría de Gatos. Este negocio me ha parecido uno de los más lucrativos, y realmente sin molestias. Es bien sabido que nuestro país está plagado de gatos; tanto es así que recientemente una petición de socorro, suscrita por las personas más respetables, fue presentada ante la legislatura en su última sesión memorable. La asamblea, en esa época, estaba increíblemente bien informada, y después de haber considerado otras cuestiones muy sabias y saludables, fue aprobada la ley contra los gatos. En su primitiva forma esta ley ofrecía un premio por las cabezas de los gatos (a cuatro centavos la pieza); pero el Senado decidió introducir una enmienda a una de las cláusulas, sustituyendo la palabra *cabezas* por la palabra *rabos*. Esta enmienda era tan evidentemente oportuna que la cámara la aprobó *nemine contradicente*.

Tan pronto como el gobernador firmó tal ley, invertí todo mi dinero en la compra de gatos. Al principio solo podía alimentarlos con ratones (lo cual era barato), pero colmaron el mandato de las escrituras tan maravillosamente que me pareció que lo mejor sería ser liberal, y así les di ostras y tortugas. Sus rabos, al precio legal, me dieron una gran fortuna; puesto que he descubierto algo con lo cual, por medio del aceite macasar, puedo conseguir hasta tres cosechas de rabos al año. Me gusta ver también que los animales se acostumbran pronto y prefieren tener sus apéndices cortados. Así considero que yo me he hecho un hombre, con mi sola ayuda, y estoy en negociaciones para comprarme una finca en el Hudson.

LA FILOSOFÍA DEL MOBILIARIO*

E N la decoración interna, ya que no en la arquitectura externa de sus residencias, los ingleses no conocen rival. Los italianos tienen poca sensibilidad, más allá de los mármoles y el color. En Francia, *meliora probant, deteriora sequuntur*; la gente es sobre todo una raza de desastrados, incapaces de mantener las mansiones de los que tienen, en efecto, un gusto delicado o, al menos, el sentido correcto. Los chinos, lo mismo que el resto de las razas orientales, poseen una imaginación cálida, pero inapropiada. Los escoceses son *malos* decoradores. Los holandeses tienen, quizá, la vaga idea de que las cortinas no son repollos. En España *todo* son cortinas; no en vano son una raza de verdugos. Los rusos no saben lo que es el mobiliario. Los hotentotes y los kickapoos son muy buenos a su manera. Los yankis tan solo resultan ridículos.

No es difícil comprender por qué ocurre esto. Carecemos de aristocracia de sangre y, habiendo aceptado tal circunstancia como algo natural, de hecho como algo inevitable, nos hemos creado una aristocracia de dólares, *de forma que el blasón* de la riqueza ha tomado entre nosotros el lugar, y cumple las funciones, de los escudos heráldicos en los países monár-

---

* Título original: *The Philosophy of Furniture*. Primera publicación: *Burton's Gentlema's Magazine*, mayo 1840. Reeditado (edición de referencia) en el *Broadway Journal*, 3 de mayo de 1845.

quicos. Por una evolución que es fácil de entender, y también de prever, nos hemos visto obligados a convertir en simple *alarde* nuestras nociones sobre el gusto.

Por decirlo de forma menos abstracta. En Inglaterra, por ejemplo, no se realizan tan a la ligera esas exhibiciones de accesorios costosos a las que aquí somos dados, a la hora de dar una imagen de belleza en lo que a los mismos accesorios se refiere, o de buen gusto en lo tocante al propietario; eso se debe, ante todo, a que la riqueza no es en Inglaterra la meta más codiciada, a la hora de crear nobleza; y, en segundo lugar, que allí la verdadera nobleza de sangre, confinada por su propia voluntad a los estrictos límites del gusto legítimo, evita buscar lo simplemente costoso, que es donde siempre buscan el éxito los *parvenus*. La gente imita a los nobles y el resultado es la difusión completa del buen gusto. Pero, en América, las monedas suelen ser la única arma de la aristocracia, su escudo, por así decirlo, como único signo de distinción aristocrática; y la gente, que siempre trata de imitar modelos, se ve guiada de forma insensible a confundir las dos ideas, completamente distintas, de magnificencia y belleza. Para ser breves, el precio de un mueble ha llegado a ser, entre nosotros, la única prueba de sus méritos en lo que a decoración toca; y esta prueba, una vez asentada, ha llevado a muchos errores análogos, fácilmente rastreables desde la tontería que les dio origen.

No puede haber nada que ofenda de forma más directa a la mirada de un artista que el interior de lo que se tiene en los Estados Unidos —que es como decir Appallachia— por un apartamento bien amueblado. El defecto más habitual consiste en acumular. Nos referimos a acumular en una estancia como podríamos hablar de acumular en una imagen; ya que tanto la imagen como la habitación se ajusta a esos principios inflexibles que regulan todas las variedades del arte; y casi las mismas leyes, a partir de las que decidimos sobre los grandes méritos de una pintura, bastan para decidir sobre lo idóneo de una habitación.

La acumulación es observable a veces en el carácter de algunas piezas de mobiliario, pero, por lo general, es en sus colores o formas de adaptarlos al uso donde se manifiesta. Su disposición antiartística ofende *a menudo* al ojo. Prevalecen las líneas rectas, sin ninguna interrupción, o cortadas de forma tosca por ángulos rectos. Si hay líneas curvas, se repiten con desagradable uniformidad. Debido a una precisión estéril, la apariencia de muchos apartamentos caros se ve arruinada por completo.

Es raro encontrar cortinas bien colocadas, o bien elegidas respecto al resto de la decoración. Las cortinas están fuera de lugar con el mobiliario formal, y demasiada tela está reñida, bajo cualquier circunstancia, con el buen gusto; la cantidad adecuada, así como la buena disposición, pesan sobre el efecto general.

Se comprende mejor el tema de las alfombras ahora que antes, pero a menudo se cometen errores en cuanto a dibujos y colores. La alfombra es el alma del apartamento. De esto se deduce que cuentan no solo los tonos, sino también la forma de todos los objetos. Un juez de la ley puede ser un hombre normal; un juez de alfombras *ha de ser* un genio. Hemos oído discutir sobre alfombras, con aires *d'un mouton qui rêve* a gente que no debiera permitírselo, y que no son capaces de cuidar de su propio *bigote*. Todo el mundo sabe que un suelo amplio *ha de* tener una cobertura con dibujos grandes, y uno pequeño de figuras pequeñas, aunque la cosa no acaba ahí. En lo tocante a diseños, *no* hay que hiperadornarla como si fuera un indio *riccaree*, todo calizas rojas, ocres amarillentos y plumas de gallo. Para ser breves, las leyes promedio señalan que ha de haber suelos distintos, y llamativas figuras circulares o espirales, *sin significado alguno*. La abominación que suponen la flores, o la represención de objetos bien conocidos de cualquier clase, debe ser prohibida en la cristiandad. Lo cierto es que, sean alfombras, cortinas o cobertores de otomanas, toda la tapicería de esta clase ha de ser decididamente de corte arabesco. Respecto a esas antiguas coberturas de suelo, que aún se ven a veces en las moradas de la plebe —cobertores de festones anchos, desparramados e irradiantes, rayados, llamativos de tanto color, a través de los cuales no se ve el suelo—, son el maléfico invento de una raza de oportunistas y codiciosos, hijos de Baal y adoradores de Amón; Benthams, que para pensar poco y economizar fantasía, fue el primero que inventó de forma cruel el caleidoscopio, y el que creó sociedades anónimas que lo hiciesen girar mediante el vapor.

El *brillo* es el defecto principal en la filosofía de la decoración hogareña americana; un error fácilmente reconocible, como se deduce de la perversión del gusto antes señalada. Están enamorados ciegamente del gas y del cristal. Lo primero es totalmente inadmisible de puertas adentro. Sus luces duras e inestables son ofensivas. Nadie que tenga ojos y cerebro las usaría. Una luz dulce, o lo que los artistas llaman una luz suave, con sus consiguientes sombras cálidas, haría maravillas en el apartamento peor amueblado. Nunca ha habido un pensamiento más amoroso que aquel emanado de la lámpara astral. Nos referimos, claro, a la verdadera lámpara astral, la de Argand, con su pantalla original, plana y de cristal, y sus rayos lunares calibrados y uniformes. La pantalla de cristal cortada es una maléfica invención del diablo. La avidez con la que la hemos adoptado, en parte gracias a su *fulgor,* pero sobre todo debido a lo *mucho que cuesta*, es una buena muestra de la proposición con la que comenzábamos. No es excesivo afirmar que el deliberado empleo de una pantalla de cristal cortado es radicalmente contrario al buen gusto, o está ciegamente subordinado a los caprichos de la moda. La luz procedente de una de esas chillonas abominaciones es desigual, rota y lamentable. Eso basta para estropear un mundo de buenos efectos en el mobiliario sometido a su influencia. La belleza femenina, en concreto, pierde mucho de su encanto bajo ese ojo maligno.

En el tema del cristal, por lo común, actuamos bajo falsos principios. Su factura principal es atendiendo al *fulgor*; ¡y esa sola palabra representa para mí mucho de lo que es detestable! Las luces resplandecientes e inquietas son agradables a veces —para los niños y los idiotas siempre—, pero han de evitarse a rajatabla en lo que al embellecimiento de una estancia toca. A decir verdad, incluso las luces fuertes y *firmes* son inadmisibles. Esos candelabros inmensos e insensatos, prismáticos, de luz de gas y sin sombra, que cuelgan de nuestros vestidores más elegantes, pueden señalarse como la quintaesencia de todo lo que es falso en lo tocante al gusto, o ridículo en su estupidez.

La furia por el *fulgor* —dado que su concepto, como hemos podido observar, ha llegado a confundirme con la magnificencia en lo abstracto, nos ha llevado también al uso exagerado de espejos. Llenamos nuestras moradas con grandes espejos británicos, y luego creemos haber hecho un buen trabajo. Pero ahora el más leve de las reflexiones bastará para convencer a cualquiera, con un poco de ojo, acerca del mal efecto que causan muchos espejos, en especial los grandes. Aparte del reflejo, el espejo nos muestra una superficie continua, plana, sin color ni relieve, algo que es siempre y obviamente desagradable. Considerado como un *reflector*, es potente a la hora de producir una uniformidad odiosa y monstruosa; y lo maligno de todo el asunto se agrava no tan solo en proporción directa a un aumento de sus fuentes, sino en razón exponencial. De hecho, una estancia con cuatro o cinco espejos dispuestos al azar es, a cualquier efecto, discordante y desagradable. El más paleto, al entrar en un apartamento así atestado, se dará cuenta al instante de que algo va mal, aunque puede que sea en ese momento incapaz de encontrar la causa de su disgusto. Pero lleven a la misma persona a una estancia amueblada con gusto y prorrumpirá en una exclamación de placer y sorpresa.

Es una maligna consecuencia de nuestras instituciones republicanas el hecho de que, aquí, un hombre de mucho dinero tiene normalmente un alma muy pequeña. La corrupción del gusto es proporcional o dependiente de la manufactura de dólares. Según nos enriquecemos, nuestras ideas se van enmoheciendo. Por tanto, no es entre nuestra aristocracia (no, desde luego, en Appallachia) entre la que debemos buscar la espiritualidad del *boudoir* británico. Pero hemos visto apartamentos con tendencias americanas modernas que, al menos en cuanto a lo negativo, pueden medirse con cualquiera de las estancias, llenas de *latón dorado*, de nuestros amigos de ultramar. Aun en *estos momentos*, está presente ante nuestros ojos un cuarto, pequeño y poco ostentoso, en cuya decoración no cabe encontrar defecto alguno. El propietario duerme en un sofá, el tiempo es cálido, la hora próxima a la medianoche... haremos un boceto de la estancia durante su sueño.

Es rectangular; de unos diez metros de longitud por ocho de anchura; una forma que ofrece (dentro de la normalidad) las mejores oportunidades para disponer el mobiliario. No tiene más que una puerta, no desmesuradamente ancha, situada en un extremo de ese paralelogramo, y solo dos ventanas, que se encuentran en el otro. Estas últimas son grandes y llegan hasta el suelo; tienen huecos limpios y dan a una *veranda* italiana. Los cristales son de vidrio tintado en carmesí, encastrados en marcos de palo de rosa, más masivos de lo normal. Han cortinado el vano mediante un tejido espeso y plateado que se adapta a la forma de la ventana, y que cuelga holgado, en pequeñas porciones. Más acá del vano hay cortinas de una seda carmesí sumamente rica, ribeteada con cadena de oro y alineadas con el tejido plateado, que es el material que cierra la vista al exterior. No hay molduras pero las esquinas del ladrillo (más agudo que masivo, con aspecto etéreo) surgen de una tablazón ancha de rico trabajo dorado, que rodea toda la estancia, a la altura de la unión entre el techo y las paredes. Las telas se abren o cierran mediante un grueso cordón suelto que las rodea, y que acaba en un nudo; no hay anillas ni nada parecido en toda la estancia. Los colores de las cortinas y sus festones, los tintes de carmesí y dorado, se encuentran por todas partes, en gran profusión, y determinan el *carácter* de la estancia. La alfombra, de tejido inglés, tiene más de un centímetro de grosor y es también carmesí, aligerado solo por un hilo de oro (como el que ribetea las cortinas) que sobresale un poco, y dispuesto de tal manera que forma una sucesión de ondas pequeñas e irregulares, algunas de las cuales se superponen. Los muros están cubiertos de un lustroso papel de color gris plata, salpicado por pequeños arabescos que son el hermano menor del carmesí que prevalece por todos los lados. Multitud de pinturas alegran la superficie del papel. Son, sobre todo, paisajes de una factura fantasiosa; tales como las grutas mágicas de Stanfield, o el lago del Pantano Lúgubre, de Chapman. Hay, empero, tres o cuatro retratos de mujer, de belleza etérea, ejecutados a la manera de Sully. El tono de las pinturas es cálido, aunque oscuro. No hay objetos brillantes. El *reposo* se muestra en todos los detalles. No hay nada de pequeño tamaño. La miniaturas dan ese aspecto *punteado* a un salón que resulta la mácula de muchas finas obras de arte recargadas. Los marcos son anchos, pero no profundos, y ricamente tallados, sin *embotaduras* ni afiligranados. Tienen el verdadero lustre del oro bruñido. Están colgados de los muros y no de cordones. Las pinturas, a menudo, se ven mejor en esta última forma, pero la apariencia general de la estancia se resiente. Hay visible un espejo, aunque no es muy grande. Su forma es casi circular y cuelga de tal forma que no se puede obtener un reflejo de la persona desde ninguno de los asientos ordinarios de la sala. Los dos únicos sitios para sentarse son dos sofás grandes y bajos de palo de rosa y seda carmesí, salpicada de dorado, aparte de dos ligeras sillas de tertulia, también de palo de rosa. Hay un piano *forte* (asimismo de palo de rosa) sin cobertor y abierto. Una mesa octogonal, formada con el más rico de los mármoles, salpicado de oro, situada cerca de uno de los sofás. Tampoco tiene cobertor, ya que se ha considerado que con las cortinas hay tela suficiente. Cuatro grandes y hermosos jarrones de Sevres, en los que estalla una profusión de flores dulces y llamativas, ocupan los ángulos ligeramente redondeados de la estancia. Un alto candelabro, que soporta una pequeña y antigua lámpara de aceite muy perfumado, se alza cerca de la cabeza de mi amigo durmiente. Unos estantes colgantes, leves y graciosos, con bordes dorados y cordón de seda carmesí, con borlas de oro, sostienen doscientos o trescientos libros magníficamente encuadernados. Aparte de tales cosas, no hay más mobiliario, fuera de una lámpara Argand, con pantalla plana de cristal esmerilado, tintado en carmesí, que pende del alto techo abovedado mediante una sencilla cadena delgada de oro, y arroja una radiación tranquila pero mágica sobre todo.

EL HOMBRE DE LA MULTITUD*

Ce grand malheur, de ne pouvoir être seul[1].

LA BRUYÈRE

CON razón se ha dicho de cierto libro alemán que *es lasst sich nicht lesen* (que no se deja leer). De igual modo existen algunos secretos que no se dejan descubrir. Hay hombres que mueren por la noche en sus camas, estrechando las manos de sus espectrales confesores y mirándolos con ojos lastimeros. Que mueren con la desesperación en el alma y opresiones en la garganta que *no permiten* ser descritas. De vez en cuando, la conciencia humana soporta cargas de un horror tan pesado que solo pueden arrojarse en la misma tumba. De este modo, la mayoría de las veces queda sin descubrir el fondo de los crímenes.

No hace mucho tiempo, al declinar el día de una tarde otoñal, me encontraba yo sentado junto a la gran cristalera en rotonda del café D..., en Londres. Había pasado varios meses enfermo, pero ahora me hallaba convaleciente y al recuperar las fuerzas me sentía en uno de esos felices estados de ánimo que

---

* Título original: *The Man of the Crowd*. Primera publicación: *Graham's Lady's and Gentleman's Magazine*, diciembre 1840. Incluido también en la recopilación, en vida de Poe (edición de referencia): *Tales*, 1845.
   [1] Es una gran desgracia el no poder estar solo. (*N. del T.*)

constituyen precisamente, el reverso del *tedio*; estados de ánimo de una gran agudeza, cuando la película de la visión mental desaparece (el αχλυς ος τριν επηεν) y el intelecto electrificado sobrepasa con mucho su condición normal, del mismo modo que la razón viva y la voz pura de Leibniz supera la retórica débil y confusa de las Geórgicas. Simplemente respirar era una delicia y obtenía un placer positivo incluso de las fuentes que originariamente lo son de dolor. Me sentía tranquilo y con un profundo interés por todo. Con un cigarro en la boca y un periódico sobre las rodillas, había estado distrayéndome gran parte de la tarde, ora recorriendo los anuncios, ora observando la mezclada concurrencia del establecimiento, sin dejar, de vez en cuando, de atisbar la calle a través de los ventanales empañados por el humo.

Esta última era una de las vías principales de la ciudad y durante todo el día rebosaba de animación. Conforme iba haciéndose de noche, el gentío aumentaba. Cuando se encendieron las luces, dos densas y continuas corrientes de transeúntes comenzaron a entrar y salir del establecimiento. Nunca me había encontrado en una situación como aquella y, por tanto, aquel mar tumultuoso de cabezas humanas me llenaba de una emoción deliciosamente nueva. Dejé de prestar atención a lo que sucedía en el interior del café para absorberme de lleno en la contemplación del exterior.

Al principio mis observaciones adoptaron un cariz abstracto y general. Miraba a los transeúntes en masa y pensaba en ellos como formando una unidad amalgamada por sus características comunes. Pronto, sin embargo, descendí a los detalles y observé con minucioso interés las innumerables variedades de tipos, vestidos, aires, portes, aspectos y fisonomías.

La gran mayoría de los que pasaban tenían el aire satisfecho de gente ocupada y su única preocupación parecía ser la de abrirse paso entre la muchedumbre. Llevaban las cejas fruncidas y volvían sus ojos rápidamente en todas direcciones. Cuando eran empujados por otros transeúntes no daban el menor signo de impaciencia, sino que se componían un poco la ropa y continuaban su camino. Otros, todavía una gran mayoría, se movían intranquilos, mostraban el rostro enrojecido y hablaban gesticulando consigo mismo, como si precisamente se encontraran aislados por la misma densidad de la concurrencia que los rodeaba. Cuando se veían obstaculizados en su avance, esta gente dejaba pronto de murmurar para sí, pero doblaban sus gestos y esperaban con una sonrisa ausente e inexpresiva en los labios el paso de las personas que impedían el suyo. Si los empujaban, se disculpaban con una inclinación ante los mismos que los habían empujado y parecían abrumados por la confusión. En estos dos grupos que he señalado no había nada especialmente característico. Sus prendas de vestir pertenecían a esa clase que se ha dado en llamar, decente. Sin lugar a dudas, se trataba de familias distinguidas: comerciantes, abogados, hombres de negocios, rentistas, los eupátridas y la clase media de la población, gente empleada y gente ocupada en sus mismos negocios. Todos ellos no llamaban demasiado la atención.

La tribu de los empleados era inconfundible, y yo en este punto distinguía dos grupos muy marcados. Por un lado, los jóvenes empleados de casas florecientes, jóvenes de chaquetas ajustadas, botines brillantes, cabello engomado y labios desdeñosos. Dejando aparte un cierto empaque que yo me atrevía a llamar de mesa de despacho, a falta de otra palabra, las maneras de esta clase de personas me parecían un exacto facsímil de las que se habían considerado como la perfección del *buen tono* cerca de doce o dieciocho meses antes. Usaban la gracia de desecho de la aristocracia, y esta, pienso, puede ser la mejor definición de los mismos.

Los altos empleados de firmas sólidas resultaban inconfundibles. Se les conocía por sus chaquetas y pantalones blancos o marrones, diseñados para sentarse cómodamente, con corbatas negras y chalecos del mismo color, zapatos anchos y de sólida apariencia. Todos eran algo calvos y sus orejas erguidas, a causa de sostener la pluma, habían adquirido el hábito de separarse en sus extremidades superiores. Me di cuenta de que al quitarse o ponerse el sombrero, siempre utilizaban las dos manos y que usaban relojes de cortas cadenas de oro de un modelo sólido y anticuado. Tenían la afectación de la respetabilidad, si es que realmente puede existir una afectación tan honorable.

Había muchos individuos de aspecto osado a quienes pronto reconocí como pertenecientes a la raza de los rateros elegantes que infestan todas las grandes ciudades. Vigilé con atención a esta calaña y me resultó difícil imaginar cómo podrían ser confundidos por caballeros por los mismos caballeros. Los puños de sus camisas, demasiado salientes, y sus aires de excesiva franqueza habrían bastado para delatarlos.

Los tahúres, de los que identifiqué no pocos, eran todavía más fáciles de reconocer. Usaban gran variedad de trajes, desde el tramposo camorrista con chaleco de terciopelo, corbata de fantasía, cadena dorada y botones de filigrana, hasta el clérigo expulsado, tan parcamente vestido que nadie podrá estar más alejado de sospechar de él. Todos, no obstante, se distinguían por cierto color moreno de su curtido cutis, por un apagamiento de los ojos y por la palidez de sus labios apretados. Además, existían también otros dos rasgos, por los cuales yo siempre los distinguía: una tonalidad baja y cautelosa en la conversación y un pulgar excesivamente estirado, hasta formar ángulo recto con los demás dedos. Muy a menudo, en compañía de aquellos pícaros, he observado otra clase de hombres algo diferentes en sus costumbres, pero, en definitiva, pájaros del mismo plumaje. Se los podría definir como caballeros que viven del cuerpo. Parecen dividirse en dos batallones para devorar al público: el de los dandis y el de los falsos militares.

En el primer grupo los rasgos característicos son: cabellos largos y sonrisas; en el segundo, levitas y ceños fruncidos.

Descendiendo en la escala de lo que se llama nobleza, encontré temas de meditación más oscuros y profundos. Vi traficantes judíos con ojos de halcón que brillaban en unas caras cuya única expresión era de abyecta humildad. Porfiados mendigos profesionales que apartaban a los pobres de mejor aspecto y a quienes solo la desesperación los había lanzado en medio de la noche a implorar caridad. Inválidos débiles y depauperados a quienes la muerte había señalado con su mano y que se retorcían y tambaleaban entre la muchedumbre, mirando suplicantes a todas partes como en busca de alguna posibilidad de consuelo, de alguna esperanza perdida. Modestas jóvenes que volvían de una larga y prolongada labor, hacia un bogar sin alegría y que retrocedían, más temerosas que indignadas, ante las miradas de los rufianes, cuyo contacto directo no podían evitar a pesar suyo. Prostitutas de todo género y edad: inequívocas bellezas en toda la flor de su feminidad que hacían recordar la estatua de Luciano, estatuas cuya superficie era como el mármol de Paros y cuyo interior estaba lleno de inmundicias; la repulsiva, completamente hundida en el fango; la arrugada y pintarrajeada bruja que intenta una última apariencia de juventud; la que es todavía una niña de formas sin modelar, pero que ya está entregada a las terribles coqueterías de su tráfico y ardiendo con feroz ambición por verse colocada al nivel de las mayores en el vicio... Borrachos innumerables e indescriptibles, unos harapientos y llenos de remiendos, haciendo eses, desarticulados, con caras tumefactas y ojos empañados; vestidos otros con trajes, aunque ya ajados y sucios, de aire fanfarrón y caras rubicundas, llevando los que en su día debieron ser buenos y que entonces estaban escrupulosamente bien cepillados; hombres que caminan con paso que resulta de una firmeza y elasticidad fuera de lo común, pero cuyos rostros están espantosamente pálidos y cuyos ojos brillan feroces y enrojecidos mientras procuran asirse con manos temblorosas a cualquier objeto que encuentren a su alcance... Junto a todos estos, pasteleros, recaderos, cargadores de carbón, barrenderos, organilleros, domadores de monos, vendedores de canciones, artistas andrajosos y obreros cansados de todas clases; y todo este turbión moviéndose en medio de un recinto ensordecedor y de una desordenada vivacidad, que irritaba el oído con sus discordancias y producía una sensación dolorosa en los ojos.

A medida que la noche se hacía más profunda, más profundo se hacía en mí el interés por la escena, pues cambiaba el carácter de la multitud, desapareciendo los aspectos más nobles al retirarse gradualmente la gente más ordenada, y se iban poniendo de relieve los aspectos más duros y groseros a medida que la última hora sacaba de sus guaridas a toda clase de seres abyectos y degradados. Pero la luz de los faroles de gas, débiles en un principio por tener que luchar con la luz del día, cobraban finalmente mayor vigor y arrojaba sobre todo una luz dominante. La oscuridad resultaba tan espléndida como ese ébano comparable con el estilo de Tertuliano.

Los raros aspectos de la luz me encadenaban a examinar los rostros de los individuos, y aunque la rapidez con que pasaban ante el ventanal me impidiera echar más de una ojeada sobre cada rostro me parecía que, dado mi peculiar estado mental, podía leer con frecuencia, en el breve intervalo de una mirada, la historia de largos años.

Estaba escudriñando a la multitud, con la frente pegada al cristal, cuando de pronto apareció ante mi vista el rostro de un anciano de unos sesenta y cinco o setenta años de edad, que inmediatamente atrajo y absorbió toda mi atención a causa de la peculiar idiosincrasia de su expresión. Jamás había visto otra que se pareciese ni remotamente a ella. Recuerdo bien que mi primer pensamiento al verla fue que si Retzch[1] la hubiera visto, la habría tomado como modelo preferente para sus interpretaciones pictóricas del demonio. Cuando intentaba, durante el breve minuto de mi primera ojeada, realizar un rápido análisis del significado de aquella expresión, noté surgir, confusas y paradójicas en mi mente, ideas de un vasto poder mental, de cautela, de mezquindad, de avaricia, de instintos sanguinarios, de maldad, de terror, de alegría y de desesperación intensa y profunda. Me sentí singularmente sobrecogido, espantado y fascinado. «¡Qué historia más extraña! —me dije a mí mismo—. ¡Debe estar escrita dentro de su pecho!» Entonces me acometió el fuerte deseo de mantener al anciano aquel al alcance de mi vista para saber más cosas de él. Me puse el gabán precipitadamente, cogí el sombrero y el bastón, salí a la calle, abriéndome paso entre la multitud, en la dirección por donde le había visto desaparecer, pues este ya se había perdido de mi vista. No sin dificultad, al fin volví a verlo; me acerqué y lo seguí de cerca, aunque con precauciones, para no atraer su atención.

Tuve entonces una buena oportunidad para examinar su persona. Era de baja estatura, muy delgado y de apariencia débil. En conjunto, sus ropas estaban sucias y andrajosas, pero cuando algunas veces pasaba debajo de la luz de algún farol, pude darme cuenta de que su ropa blanca, aunque manchada, era de buen género, y si mi vista no me engañó, a través de un desgarrón del capote que le envolvía entreví el refulgir de un brillante puñal. Estas observaciones avivaron mi curiosidad y decidí seguir al desconocido donde fuera.

Había cerrado ya la noche y sobre la ciudad caía una densa niebla, que no tardó en convertirse en una lluvia constante y

---

[1] Pintor y grabador alemán (1779-1857). (*N. del T.*)

copiosa. Este cambio de tiempo produjo un raro efecto sobre la multitud, que se agitó toda ella inmediatamente con una nueva conmoción y quedó un poco oculta por una nube de paraguas. La oleada, los empellones y el zumbido aumentaron diez veces más. Por mi parte no me fijé mucho en la lluvia, ya que conservaba el ardor de una fiebre que corría por mis venas y que hallaba alivio con la humedad, aun cuando resultara un tanto peligroso. Me anudé un pañuelo alrededor del cuello y continué la marcha. Durante media hora, el viejo continuó abriéndose camino con dificultad por la gran calle, mientras yo le seguía pisándole materialmente los talones por miedo a perderlo de vista. Ni una sola vez volvió la cabeza para mirar hacia atrás. Luego se metió por una bocacalle, que aunque muy concurrida, no lo estaba tanto como la principal que había abandonado. Entonces se produjo un cambio visible en su proceder. Caminaba mucho más despacio y con menos decisión que antes; vacilando continuamente, cruzó y volvió a cruzar la calle sin motivo aparente y la multitud se hizo tan espesa que a cada uno de sus movimientos me veía obligado a seguirlo más de cerca. La calle era larga y estrecha y su andar se prolongó casi una hora, durante la cual, los transeúntes habían disminuido gradualmente hasta reducirse al número de los que circulan al mediodía en Broadway cerca del parque, ya que tal es la diferencia existente entre la población londinense y la de la ciudad americana más poblada. Una segunda desviación nos llevó a una plaza brillantemente iluminada y rebosante de vida. Allí el desconocido volvió a adquirir su anterior actitud. Hundió el mentón sobre su pecho, mientras sus ojos giraban con fiereza bajo sus cejas fruncidas, en todas direcciones, atisbando a todos los que le rodeaban. Apresuró su paso con firmeza, pero me sorprendió, sin embargo, que cuando hubo dado la vuelta a la plaza retrocediese sobre sus pasos. Fue mayor mi asombro al ver que repetía el mismo paseo varias veces, estando en uno de ellos a punto de descubrirme cuando se volvió con un súbito movimiento.

En tal ejercicio invirtió otra hora, al final de la cual nos encontramos menos obstaculizados por los transeúntes que al principio. Llovía con intensidad, el aire se hacía más frío y la gente se retiraba a sus casas. Con gesto de impaciencia, el vagabundo se metió por una calle relativamente desértica. Bajó por esta que tenía casi media milla de larga, andando con una energía que yo no podía ni siquiera imaginar en un hombre de tanta edad y que incluso me puso en un aprieto para seguirlo. Después de unos cuantos minutos, nos encontramos en un mercado grande y concurrido que parecía ser cosa conocida del viejo. Este volvió a adoptar su aire primitivo mientras andaba de arriba abajo, entre compradores y vendedores, sin objeto aparente.

Durante la hora y media, o cosa así, que pasamos en aquel lugar me fue precisa mucha reserva para no perderlo de vista sin atraer su atención. Afortunadamente, llevaba yo chanclos de goma y podía andar sin producir el menor ruido. Entraba en una tienda tras otra sin preguntar el precio y sin decir una palabra, contemplando todos los objetos con una mirada extraña y ausente. Estaba yo muy asombrado de su forma de proceder y tenía la firme decisión de no separarme de él hasta haber satisfecho en alguna medida la curiosidad que me inspiraba.

Un reloj de sonoras campanadas dio las once y todo el mundo abandonó el mercado. Al bajar el cierre, un tendero dio un codazo al anciano y en el mismo momento vi que se estremecía. Se precipitó a la calle, miró ansiosamente a su alrededor durante un instante y luego corrió con gran velocidad por las numerosas y tortuosas callejuelas, hasta que llegamos una vez más a la gran calle de donde habíamos partido, la del café D... Sin embargo, no ofrecía el mismo aspecto de antes. Todavía estaba brillantemente iluminada con gas, pero la lluvia caía pesadamente y se veían muy pocas personas. El desconocido se puso pálido; dio pensativo unos pasos por la antes populosa avenida, y luego, exhalando un fuerte suspiro, torció en dirección al río, para adentrarse en una serie de calles apartadas y salir al fin frente a uno de los teatros principales. Estaban cerrando y el público salía apretadamente por las puertas. Vi al anciano abrir la boca como para respirar mientras se precipitaba entre el gentío; me parecía que la intensa angustia que se reflejaba en su cara se había calmado en cierto modo. Volvió a hundir la cabeza sobre su pecho y apareció tal y como lo había visto la primera vez. Observé que entonces tomaba la misma dirección seguida por el público... No podía comprender lo extraño de sus actos.

A medida que avanzaba, la gente se iba esparciendo. Otra vez hizo visible su malestar e indecisión. Por algún tiempo siguió muy de cerca a un grupo de unos diez o doce alborotadores, pero estos se fueron separando uno a uno, hasta quedar reducidos a tres en una estrecha y oscura calleja muy poco frecuentada. El extraño se detuvo y por un momento pareció quedar absorto en sus pensamientos. Entonces, con una rapidez muy marcada, prosiguió rápidamente un camino que nos condujo a las afueras de la ciudad, por lugares muy distintos de los que habíamos atravesado hasta entonces. Era el barrio más sucio de Londres, donde todo parece llevar la marca de la pobreza más deplorable y del crimen más desesperado. A la luz mortecina de un farol se veían casas de madera, altas, viejas, carcomidas, como tambaleantes, que parecían inclinarse para su inmediata caída, en direcciones tan diversas y caprichosas que apenas se veían pasos entre ellas. Los adoquines estaban colocados al azar, más bien desplazados de su lugar, mientras que en el suelo crecía una profusa maleza. La porquería se acumulaba en las alcantarillas cegadas. Todo el ambiente estaba lleno de desolación. Sin embargo, mientras avanzábamos se reavivaron los ruidos de vida humana, creciendo gradualmente y, por último, nutridos grupos de la especie más baja de la población londinense se movían de arriba abajo. De nuevo los ánimos del anciano comenzaron a encenderse como una lámpara que está próxima a extinguirse. Una vez más se lanzó hacia delante con un paso ligero. De pronto se volvió en una esquina, un ramalazo de luz cayó sobre nosotros y nos encontramos ante uno de los enormes templos de la intemperancia, uno de los palacios del demonio de la ginebra.

Era casi de día, pero aún se apretujaba un cierto número de miserables beodos, que entraban y salían por la ostentosa puerta. El anciano se adentró con un apagado grito de alegría, recobró su primitiva apariencia y se puso a pasear de arriba abajo, sin objeto aparente. No hacía, sin embargo, mucho tiempo que se dedicaba a ello, cuando un fuerte empujón hacia las puertas reveló que el dueño iba a cerrarlas a causa de la hora. Lo que observé entonces en el rostro del ser singular a quien yo había seguido tan pertinazmente fue algo más intenso que la desesperación. Con todo, no vaciló en su carrera, pero de pronto, con una energía loca, volvió sobre sus pasos al corazón del poderoso Londres. Huyó durante largo rato y rápidamente, mientras yo lo seguía cada vez más asombrado, resuelto a no abandonar aquella pesquisa por la que sentía un interés cada vez más absorbente. Salió el sol mientras íbamos andando, y cuando hubimos llegado otra vez al más atestado centro comercial de la populosa ciudad, la calle del calé D... presentaba ya un aspecto de bullicio y actividad semejante a lo que yo había visto la noche anterior. Y allí, en medio de la confusión que aumentaba por momentos, persistí en mi propósito de perseguir al extraño. Este, como de costumbre, iba de una parte a otra y durante todo aquel día no salió del torbellino de aquella calle. Cuando las sombras de la segunda noche iban llegando, me sentí mortalmente cansado, y parándome frente al errabundo, le miré fijamente a la cara. No pareció darse cuenta de mi presencia y reanudó su paseo, en tanto que yo permanecí absorto en aquella contemplación. «Este anciano —pensé por fin— es el arquetipo y el genio del profundo crimen. No quiere permanecer nunca solo. *Es el hombre de la multitud*. Seria inútil seguirlo, pues no lograría averiguar nada sobre él ni sobre sus hechos. El peor corazón del mundo es un libro más repelente aún que el *Hortulus Animæ*[2] y tal vez una de las más grandes mercedes de Dios sea que es *lässt sich nicht lesen*, que no se deja leer.»

---

[2] El *Hortulus animæ cum Oratiunculis eliquibus superatditis* de Grünninger.